살아있는 기억들

살아 있는 ── 기억들

이정관 시·소설 창작집

한 갑자(60년)를 살았습니다. 이 가운데 50년을 학교에서 보냈지요. 열여섯 해는 제가 학생의 신분으로 학교에 다닌 시간이고, 서른네 해는 교사로서 산 시간입니다. 그 서른네 해를 한 학교에서 보냈습니다. 전주효문여자중학교. 징그럽게도 다녔습니다. 대충 따져보니 7000일 가까이 이곳으로 출근했더군요. 처음 이 학교에 자리를 잡을 때는 이리 오래 있을 거라고 생각하지 못했는데, 참으로 긴 시간을 한 곳에서 살았습니다.

이제 그 서른네 해를 마무리하려고 합니다. 수많은 아이들을 만나고 또 보냈던 날들을 정리하려고 합니다. 아쉽고 허전한 마음이 듭니다. 그래서 책을 한 권 만들었습니다. 지난날들을 살아오면서 써놓았던 글들을 모아 제가 사랑했던 제자들에게 나는 이렇게 살았노라고 이야기하려 합니다. 이 글 속에 담긴 이야기들을 들으며 자란 우리 아이들에게, 이제는 말이 아닌 글로 다시 한번 이야기해 보고자 합니다. 서른네 해의 교사 생활을 마무리하면서, 나는 여기서 멈추지만 너희는 더 나아가라고 말하고자 합니다. 지난 시간 속에서 저 때문에 아팠던 제자들도 있었을 것이고, 제 영향을 받은 제자들도 있을 것입니다. 그 아이들에게 저의 이야기로 이제 마지막 수업을 하려 합니다.

늘 좋은 선생이 되고자 노력했지만, 그리 좋은 선생이 아니었을지도 모릅니다. 그래도 참으로 열심히 살았습니다. 서른네 해 동안 서른 번 담임을 했습니다. 마지막 해까지 담임을 하며 물러납니다.

어린 시절 시인이 되고자 했으나 신은 제게 시인의 재능을 주지 않았습니다. 그래도 가끔 시를 쓰며 어린 시절의 꿈을 이루고자 했습니다. 그 글들을 모아 쑥스럽게 펼칩니다. 너무 아픈 기억은 시가 되지 못하여 소설로 이야기했습니다. 아픈 기억에 상상을 더해 이야기를 만들었습니다.

이 책은 한 교사의 삶의 기억입니다. 서른네 해의 삶 동안 살아남은 기억들입니다. 학교를 떠나며 꺼내는 오래된 기억들입니다. 능력이 없어 좋은 선생은 못 되었지만, 열심히 살아온 한 교사의 이야기입니다. 이 이야기를 세상에 내놓게 해주신 휴머니스트 출판사, 고맙습니다. 한 교사의 삶을 같이해 준 나의 제자들, 고맙습니다. 그래도 괜찮은 교사가 되게 해주신 어머니 아버지, 고맙습니다. 제 삶과 함께한 모든 것들, 참으로 고맙습니다.

2021년, 이정관

차
례

1부 시   1   사방 천지 고운 님 아닌 것이 없습니다

2 흔들리면서 더 깊이 뿌리박는

마음속 이야기를 풀어놓습니다
당신께만 다가갈 기도로
강물 되어 흐르는 이야기를 풀어놓습니다
생각하면 생각할수록 싱싱하게 살아나는
이야기들을 풀어놓습니다

햇살도, 바람도 있지만
그보다는 흐릿한 세상이 많지만
그래도 이 세상 어느 기도보다 간절했던
세상 이야기 풀어놓으며
당신에게로 다가가는 사랑을 꿈꾸겠습니다.

1부

시

1

사방 천지 고운 님

아닌 것이 없습니다

고운 님

어느 날부턴가
내 마음에서
고운 님이란 말이 떠오르더니
고운 님이란 말만 계속
내 가슴을 휘젓고 다닙니다
고운 님 고운 님
고운 님을 부르면
어느새 고운 님
내 마음에 가득하여
사방 천지
고운 님 아닌 것이 없습니다
지나가는 바람도
고운 님 되어
내 귓불 발갛게 물들이고
따스한 햇볕도
고운 님 되어
내 등 따스하게 어루만져 줍니다

고운 님
고운 님
고운 님을 불러봅니다.

준비

늦은 밤
가슴까지 자란 그리움
깨어나지 않은 세상 속에서
오직 내 사랑만이
그대 맞이할 기다림으로 깨어납니다
그대 만날 설렘으로 분주합니다.

다리

나를 주워온 그곳
봄날 복사꽃 떨어져 내리는 그곳

그리하여 내 사랑으로 끝없이 물 흐르는
그곳.

풍경 하나

나른한 봄날 오후
고운 햇살에 지친 두 노인네
화투를 친다
손수건에 고이 쌓였던 동전들
봄 햇살에 반짝거린다

더디 가는 시간보다 더 더디게
화투 한판 돌면
몇 개 동전 다른 자리로 옮겨지고

마실 나갔던
며느리이자 딸인 이 집 주인 아주머니
셈하느라 지친 두 노인에게
딸기 한 접시 그득 내온다

한때는 딸기처럼 싱싱했을 저 두 노인네
딸기 하나 입에 오물거리며

지나온 세월들 풀어내면
바쁘게 살아온 세상도 잠시
화투판처럼 더디게 흘러간다

아! 나른한 봄날 오후 풍경 하나.

봄날

꽃이 피었습니다
나도 덩달아 피었습니다
열매를 맺어야 하는데
이 봄날은 꽃 피우는 법만 가르쳐주고는
화들짝 피어난 꽃들에 놀랐는지
바람 한 자락만 남겨놓고 사라졌습니다

여기저기
바람에 지는 꽃만 그득합니다
지는 꽃 아래에
그리움만 남기고 헤어지는 사람만 그득합니다
내년 봄에 다시 와서 피어야 할 꽃들만 그득합니다
봄바람에 흔들리는 사람만 그득합니다.

싸리꽃

오줌 마려운 꼬마둥이 잠결에 나와 마루에서 오줌을 싼다. 졸린 눈 뜨지도 못하고 골마리 까서 힘을 준다. 골마리 추키며 살포시 뜬 눈 속으로 눈보다 하얀 싸리꽃ᵉ 피어 있다. 울타리 한가득 봄눈으로 핀 저 싸리꽃. 부스스한 눈으로 바라보다 방으로 들어가지도 못하고…….

싸리꽃 가득 달보다 흰하게 피어오르던 봄날. 꿈속이듯 환장하게 환장하게 빛나던 싸리꽃. 끝내 혼몽하여 제대로 잠들지도 못하여 요날요때 봄잠 설치게 하는 싸리꽃.

그런 싸리꽃이 피었습니다.

• 조팝나무꽃을 싸리꽃이라 부르기도 함.

꽃샘추위

저리 바람 불면
사알짝 올라온 꽃눈
바람에 찔릴까 봐
요리 사알짝 뛰는 마음
당신이 알까 봐

옷섶도 못 열고
마음 문도 못 열고
눈부신 햇살에 눈도 잘 못 뜨고

종종종종 서릿발 눌러 밟는
3월의 바람.

매화를 보면서

매화가 저리 하얗게 살짝 웃는 것은
겨우내 제 몸을 덮어준 하얀 눈송이를 기억하기 때문입니다
우수수 눈처럼 내릴 줄 아는 것도
제 몸으로 내려 옷이 되고 물이 되는 눈발을 기억하기 때문입
니다
매화가 피는 봄날이 아름다운 것은
저를 감싼 겨울을 꽃으로 피워내기 때문입니다

겨울을 품어낼 줄 아는 매화가 피어 봄날이 따스합니다
내 겨울을 따스하게 품어준 당신이 있어 나도 매화 핀 봄날입
니다

오동꽃 피어도

1
오동꽃 피어도 그대 오지 않네
연보라 그 흐느적거리는 봄날
다 져버리네

그대 오지 않네 오동꽃 지는데
굳어진 열매 매달고 나는
저 깊어지는 신록에 묻혀
백 년쯤 지나
그대 옷장이나 되어야 하네

2
그대 아는가

봄날에는 뿌린 풀들보다
뿌리지 않은 풀들이 더 잘 자라고
뿌린 마음보다 뿌리지 않은 마음이

더 깊어

오동꽃 진 자리
단단한 옹이로 자라는 뜻을.

환장할 봄이다

봄볕 살짝
말라붙은 내 볼에 와
닿는다

하얗게 피어오른
벚꽃 한 송이
봄바람에
살랑거린다

그대여, 봄이다
환장할 봄이다, 그대여.

한 여인

한 여인이 있습니다

세상을 동여매며 살아와
자기도 자기를 잘 모르는 여인
자기는 아무것도 아니라고
그저 큰 눈 들어
하늘 바라보며 사는 여인
그 맑은 눈빛
곁엣사람에게 묻어나
곁엣사람들 맑게 살게 하는 여인

눈빛 하나로도 능히
맑은 세상 키워나가는 한 여인이
있습니다.

2

흔들리면서
더 깊이 뿌리박는

다시 섬진강에서

섬진강은 흘러 바다로 가고
나는 흘러 그대에게로 갑니다.

흔들리는 일

바람에 몸을 내민다
스쳐가던 바람 잠시 휘휘 내 몸 감싸
뼛속으로 감기는 맛이 참으로 시원하다
나무 한 그루도 요 바람 맛을 보는지 온 가지를 흔들어댄다
내 가슴도 마구 흔들린다.

햇볕보다 물보다도
나무를 키우는 건 틀림없이 저 바람의 흔들림일 게다
흔들리면서 하늘로 커가는 저 나무들

흔들리는 일이 흔들림으로 끝나지 않는
저 나무의 흔들림
흔들리면서 더 깊이 뿌리박는
저 나무의 흔들림

바람에 몸을 맡기며 나도 나무가 된다.

장마

오지게도 길다

그대 향한 몸부림
구름같이 떠올라
내려온다 내려온다
흘러도 넘쳐도
지침 없는 여름

참 오지게도 길다.

비

종일 비가 내린다
끄억끄억 내리는 비
멍하니 바라본다

하염없이 내리는 비
우두둑 떨어져서는,
더 떨어지지 못하니

흐른다.

길 1

마지막처럼 너와 나는 이야기를 나눴지
처음부터 길은 없었지만
우리는 그냥 우리가 가야 할 길에 대해서만
이야기를 나눴지
길 이야기를 하면 길이 없어 이야기는
휘휘 감기기만 했지, 그래서
길이 아닌 곳에 난 풀들을 휘휘 감아 잡았지
망초도 잡히고, 달맞이꽃도 잡혔지

그래 길에는 아무것도 없었지
그런데도 우리는 길만을 이야기했지

길만을 이야기했지
길 위에 우리의 세상이 피어날 거라고
그런데 들풀도 키울 수 없는 길에는 길이 없지
길은 길에는 없지
길을 휘휘 감는 길가에

망초의 길도 있고, 달맞이꽃의 길도 있고
우리의 길도 있지

마지막처럼 이야기를 나누다 처음으로
너와 나의 길을 만났어
길이 아닌 곳에 피어난 길을.

길 2

길이란 걸어야만 길이 된다. 내가 가야 할 길을 바라보는 대신 걸어온 길을 돌아볼 때는 이미 길이 아니다. 길은 걷는 사람에게만 길일 뿐. 길을 걷다 멈추면 그저 등 굽은 소나무를 닮은 공간일 뿐. 걷다 지쳐 등 굽은 내 자세와 같은 것일 뿐.

그래서 걸어갈 때 곧았던 길들에 멈춰서 갈 길을 잃고 돌아보면, 참 많이도 휘어져 있는 것이다. 버티고 살아온 저 소나무와 같이, 나와 같이.

길 3 - 네게로 가는 길

없는 길을 걸어서 나는 왔다. 아니 길이 없는 것은 아니었다. 그 길은 길이 아니라고 말하지만 깊게 바라보면 네게로 가는 길이 보인다. 길이 아니라 말하는 사람들은 길을 찾지 않았을 뿐. 길이란 처음부터 나있는 것이 아니다. 길은 길을 찾는 사람에게만 열려있을 뿐.

네게로 가는 첫 길을 내며 내게도 많은 길이 있음을 알았다. 내게도 어디로든 갈 수 있는 많은 길이 열려있음을 알았다. 네게로 처음으로 가는 길이 수많은 길의 시작이었음을 알았다.

상식

배고픈 사람에게 먼저 밥을 주는 것
배부른 사람에게 먼저 밥을 주지 않는 것
배고픈 사람을 먼저 바라보는 것.

도서관에서

늦은 시간
도서관 불빛이 밝다

공부하기도 지친 마지막 자습 시간
졸린 눈들
멈춰있는 연필들
입으로 깨라고 새콤달콤 하나 나눈다

쪽쪽거리며 같은 냄새 풍기는
늦은 밤 학교 도서관
등꽃 같은 아이들
사탕 하나에 깨어나 등꽃보다 싱그러워진다.

너희를 만나고 오는 날은

스무 살 너희들을 만나고 오는 날은 그냥 아프다
80년, 내 스무 살이 지나가던 오월
그날처럼 아프다

새살거리던 열다섯 풋풋한 날들을
한쪽으로 밀어붙여
뒤로 처져 살게 했던 열다섯을
그리워하는 그 시리게 아픈
너희 이야기를 듣노라면

이른 아침 교문이 열리기도 전에
성적과는 정반대로 제일 먼저 학교에 와
선생들 없는 교무실에 들어와
내 책상도 치우고, 내 사진도 몰래 챙기고
그래도 시간이 남아
점심에 먹을 도시락 먼저 까먹고
이제 학교에서 일은 끝나버려

수업 시간 내내 졸아대면
나는 너희들을 몰아붙이고
너희들은 그 훔친 사진 아래
눈물 자국 하나 만들고

그랬다
꽃이 피어 아름다워진 날에도
은행잎 노랗게 물들어도
눈 내려 언 땅 푹 감싸도
학교는 한 번도 너희들을 아름답게 물들게도
푹 감싸지도 못했다
그랬다

그래도 너희들은 자라 꽃보다 아름답게
노란 은행잎보다 곱게 물들어
스무 살 너희들이 나를
감싼다.

잠깐만요

우리 반에 잠깐만요라는 별명을 가진 녀석이 있었지요
무엇을 하라고 해도 잠깐만요
잠깐만 기다리라 해놓고는 지 일 하는 녀석

그 녀석 잠깐만요에 나는 환장하지요
잠깐만요 문자 좀 보내고요 하며 30분을 MMS로 문자 보내는
녀석
나는 환장하지요
지금은 수업 시간이니까 수업 들을 준비해야지 하면 잠깐만요
하고 친구하고 이야기하지요
나는 정말 환장하지요

애들도 인자는 다 알지요
내가 가장 싫어하는 말이 잠깐만요라는 말이라는 것을
내가 하루에도 몇 번씩 환장한다는 사실을
그래서 애들도 그 말은 안 쓰지요

잠깐만요

2학년 진급하고 그 잠깐만요가 반갑다 나를 불렀지요
잠깐만 나 지금 뭐 해야 해서
아무 할 일이 없는 나는 할 일을 찾으며
그 잠깐만요를 잠깐만 기다리게 하며
신이 났지요

"잠깐만!"

그 녀석

그 녀석이 조퇴를 청한다
오늘도 청한다.
나는 그 녀석이 미워지려고 한다
미워지려는 나를 미워하지 않으려 안간힘을 쓴다

그 녀석도 나도 오늘은 운수가 사납다
어제 그제 조퇴는 안 미웠는데 말이다.

그러니까 말이야

그러니까 말이야
내 이야기는 말이야

문득 비가 그치면 어디에서부터 비가 그치는지
비 같은 사랑도 그칠 것이라는 것인데
그치면 사랑이 그치면
가슴에서 그치는 것인지,
머리에서 그치는 것인지
그러니까 하늘에서 비가 내리지 않아
비가 그친 것인지
내 사랑이 그쳐 비가 그친 것인지

그러니까 이 봄날 무장무장 사랑하자는 것이지
그러니까 그냥 퍼질러지게 비처럼 내리자는 것이지.

순례의 노래

길은 언제나 앞을 향한다
그래서 길이 된다
그런 길을 내 길로 만드는 일은
한 발짝 내딛는 발걸음뿐이다

한 발짝 앞으로 내미는 순간
세상의 길이 내 길이 된다
세상 어떤 길도 이 한 발짝이면 족하다

먼저 한 발짝 내밀었던 사람도
지금 한 발짝 내민 사람도
이제 한 발짝 내밀 사람도
내딛는 한 발짝으로 세상 속 내 길을 만든다

앞을 향하는 길을 만드는 한 발짝의 힘
한 발짝을 움직인다는 것은
걷는다는 것은 그래서
세상을 내 앞으로 옮기는 일이다.

오래된 마음

처음 세상에는 마음만 있었다
마음을 전하기 위해 바람이 생겨나고
바람으로 전하지 못한 마음이 그리움이 되어
저녁노을로 번지곤 했다
그래도 식지 못한 그 마음
아침 해로 붉게 떠오르기도 했다
그렇다 처음에는 마음만 있었다

그러다 아침이 되어도 식지 않는 마음
그 마음이 따뜻한 햇살 하나 만들어
땅에는 풀들이 자라고 나무들이 자라고,
그 풀들의 마음 바람이 전하니 꽃이 되었다
어떤 나무는 그 마음이 너무 깊어서
한 천 년을 서는 나무가 되기도 하였다

등 뒤의 사람

보이지 않는 내 등 뒤
당신만 보는 내 등 뒤
등 뒤의 나를 보는 사람아
내가 보지 못하는
내가 볼 수 없는 나를
나보다 더 나처럼 보는

그리하여 나를 내가 되게 하는
등 뒤의 사람
등 뒤의 사랑.

여수 밤바다

여수에 갔더랬습니다
동백꽃도 피지 않은 여수에
열사흘달을 따라갔더랬습니다
무장무장 자란 그리움도 함께 갔더랬습니다
그리운 그대와 갔더랬습니다

여수 밤바다에 열사흘달이 흘러내리고
우리 그리움도 흘러내리니
여수 밤바다가 흥겨워 철썩거리고
우리도 사랑에 겨워 밤새워 철썩거리고

철썩거리는 여수 밤바다에서
우리를 따라 달도 서쪽 바다로 흘러내렸더랬습니다.

여수

여수에 갔지
바다가 길을 열어 아름다운 곳 여수
네가 마음을 열고 내가 마음을 열고
바다가 길을 연 여수에 갔지

검은 모래 그득한 만성리
개구리 하염없이 울어대던 곳
끓어오르던 그리움은
다음 해 오동도 동백으로 피어오르겠네
피어오르다 피어오르다 검게 타버린
그리움 한 자락 여기 만성리 검은 모래 되겠네
개구리는 또 하염없이 울어대겠네.

터

1

아버지는 산에 붙은 밭 이백 평을 사서 삼백 평 밭을 만들었다. 야금야금 산이 밭이 되는 재미로 아버지는 사셨을지 모른다. 한 오십 년쯤 걸린 이야기이다.

아들은 그 밭 삼백 평의 백 평을 산을 만들어 아버지 묘를 만들었다. 평생을 부수고 갈고 하여 만들어진 밭이 다시 산이 되어 아버지와 어머니의 터가 되었다.

아버지는 산을 갈아 밭, 삶의 터를 만들고 아들은 그 밭의 흙을 모아 무덤, 죽음의 터를 만들었다. 갈아야 터가 되기도 하고 모아야 터가 되기도 하는 게 삶인 것인가.

2

산이 된 터에는 푸른 잔디가 자라고 아버지 어머니는 젖이 듬뿍 담긴 가슴처럼 빛났다. 하지만 밭터는 주인을 잃고 키우지 않아도 자라는 쑥이며 개망초며 억새가 제 터로 자리를 잡기 시작했다.

밭이길 거부했던 밭터에 난데없이 부추꽃이 피었다. 하얀 부추꽃. 아버지가 밭을 일구면 맨 먼저 심었던 부추. 50년쯤 또아리를 틀고 있던 부추가 제 터라고 고개를 들었다.

아들은 아버지의 부추 뿌리를 위해 쑥도 캐고 개망초도 캐고 억새도 캐내기 시작했다. 캐낸 자리에 아버지처럼 콩도 심고 고추도 심고 고구마도 심었다. 묵었던 아버지의 밭이 아들의 밭이 되기 시작했다. 밭이 되자 연장을 놓을 곳이 필요했다. 밭은 햇살과 바람과 비와 사람과 삽과 괭이와 낫이 만드는 것. 연장터도 하나 자리 잡았다.

3

밭 하나에 아버지 어머니가 또아리를 틀고, 부추가 또아리를 틀고, 연장터가 또아리를 틀었다. 그리고 연장 놓은 자리에 난데없이 뱀이 또아리를 틀었다. 무서워 쫓아도 다시 연장 옆에 또아리를 틀었다.

4

뱀 꿈을 꾸었다. 연장터에서 괭이의 흙을 털고 삽날을 갈고 낫을 가는 뱀 꿈을 꾸었다. 연장터에서 나와 온몸으로 콩밭으로 고추밭으로 고구마밭으로 기어다니는 뱀 꿈을 꾸었다. 기어서 다시 연장터로 오면서 물끄러미 부추꽃을 보는 뱀. 뱀을 보는 부추꽃.

5

한평생 부추처럼 사신 어머니는 부추꽃이 되고, 한평생 온몸으로 농사지으신 아버지는 뱀이 되신 건가? 죽어서도 그 터에서 그전처럼 사시는 건가?

3

가벼워져야

더 깊어지고 더 꼿꼿해지는

힉! 지각하겠다

세상에서 이상하지 않은 건 하나도 없는 것 같아요. 그냥 문득
이런 생각이 들었어요. 요즘은 학교 다니면서 "이정관"이라고
불리는 한 국어 교사를 통해, 알아갈수록 매력 있는 친구라는 말
을 느끼고 있어요. 그리고 그런 생각을 해요. 자신의 주관이 있
어야 하겠다. 그게 자신의 행동을 앞가림할 수 있는……
힉! 지각하겠다.•

노란 은행잎 다 지는데
나만 매달려 있는 건 아닌지

힉! 지각하겠다
다 떨어져 그 누구도 관심 없을 때
쓸쓸히 땅에 눕기 전에
예쁜 그대 책갈피에 자리 잡을 수 있게

• 제자의 편지 일부

바람도 없어 맑은 날
하늘은 높아 햇살 더 고울 때
떨어져 네게 가야겠다
네 책갈피가 되어야겠다

늦을수록 썩어
고운 빛깔 변하기 전에
내 삶 더 썩어가기 전에 떨어져
네게로 가야겠다.

힉! 지각하겠다.

아버지 1

아버지는 아프셨다
집에 있어도
집에 가자 하셨다

아픈 세상을 지우며
자신을 지우며
3년을 앓다가 가셨다
그렇게 찾던 집으로

보고 싶다
아버지

일곱 살 연필 대신 지게를 지던
결혼 후 키 작다 어머니 구박하시던
다 큰 자식 가슴에 묻고 뼛가루 묻은 손으로 눈물 훔치시던
막둥이 선생질 나가는 날 "애들헌테 죄 짓지 말그라"던
그렇게 그렇게 아픈 세상 다

가슴에 꼭꼭 묻고 사신 아버지

아버지가
보고 싶다.

아버지 2 - 치매

아부지 외로우셨나요
그래서 다 잊으셨나요
잊히기 전에 잊고 싶으셨나요 아부지

이제 나도 아부지처럼 외로워질까요
그래서 나도 잊어질까요

그래도 거기서는 나를 기억하지요
나도 인자 거기 가겠지요

보고 싶은 아부지.

아버지 3 - 그대를 위해

존재하지 않을 때 크게 존재하는 것들이 있다
지나가 버린 봄날의 꽃들이 그렇다
잡지 못한 첫사랑이 그러하다
다 져버린 그리움도 그럴 것이다

내가 그 이름을 부를 때
그 이름이 내 가슴을 먹먹하게 만들 때
그 이름이 나 홀로 부르는 이름일 때
홀로 한 방울의 눈물로 그 이름을 부를 때

존재하지 않을 때 크게 존재하는 것이 있다
부르지 않아도 오는 이름이 있다
봄날의 꽃들이 되고 첫사랑이 되고
다시 부풀어 오르는 그리움이 되는
이름이 있다

아 버 지.

개목련 이야기

나는 개목련이다
태초부터 어디서나 자라는 삶
가장 원시적인 꽃과 열매를 키우며 산다네

내 그늘 아래에서 쉬는 그대는 누구인가
축 처진 그대 어깨 내 가지보다 무겁구나
잎사귀 몇 개 떨어뜨려 가을 햇살 그대에게 보내야겠구나

젖은 그리움일랑 이 가을 햇살에 말리시게나
무거워진 그리움 말려 나처럼 붉은 알 굵은 열매 맺으시게나
내 그늘 아래 쉬는 그대여.

가을비

그리움 같은 저 노란 은행잎 뚝뚝
몸을 내던져
제 자리를 찾는다
떨어지는 은행잎들 아프지 말라고
가을비
땅 위로 흐르더니
한 줄기 더
내려온 잎 위 눈물로 내린다.

갈대밭에서

쓰러졌다 다시 일어서
가을 햇살에
온몸 다 흔들며
익는다 저 갈대

가벼워진 몸
더 깊게 누였다 일어선다
가벼워져야
더 깊어지고
더 꼿꼿해지는 깊은 가을

갈대의 노래를 듣는다.

가을, 말라버린 것들

가을, 말라버린 것들에서는 소리가 난다
씨앗까지 다 주어버린 수숫대 그 마른 잎들이
제 마른 잎들끼리 부비며 소리를 낸다
바스락바스락
자식들에게 제 몸 다 주어버린 할머니의 몸뚱이에서도
걸을 때마다 몸들 부벼지며 바스락바스락 소리를 낸다
수숫대 그 마른 잎들보다도 더 크게
그래도 아직 나 살아있다고
걸을 때마다 숨 쉴 때마다 바스락거리는
말라버린 것들의 죽어가는 소리
말라버린 것들이 바수어지며 내는 살아있는 소리
바스락바스락

그래서 그런가 보다
그래서 가을바람은 저 햇살에서도 처연하게 시린가 보다.

가을 강은 여물어가고

우리가 섬진강에 다다랐을 때
가을 섬진강은 줄기줄기 여물어가고 있었네[•]

삼신봉 빗줄기가 아직 물들지 못한 단풍나무 뿌리를 적시고
그래도 남은 물줄기는 불일폭포로 떨어지며 무지개를 만들다가
쌍계사 그 깊은 종소리 조금 묻히고 흘러서
화개 앞산 하얀 차꽃 은근히 피워놓고
소리도 없이 섬진강 내 눈앞에 다다라서는
흘러내리지 않으면 여물 수 없다고
천 년을 흘러와야 내 눈에 보인다는 저 북극성처럼
흐르고 흐르는 것만이 빛나고 여물 수 있다고
저는 또 하염없이 흐르면서, 흐르기만 하는데

저 물줄기가 저 홀로 여물어서

• 황순원의 〈소나기〉 중 '개울물은 날로 여물어갔다.'를 변용함.

야무지게 여물어 내 앞을 흘러가기에
나도 모르게 그만 그리움 하나 툭 던져놓고
당신 쳐다보니 당신은
차꽃처럼 종소리처럼 무지개처럼
단풍처럼, 붉어지는지 깊어지는지
섬진강물이 되어 흘러가고 있었네
가을바람이 되어 내 가슴으로 불어오고 있었네

그렇게
가을 강은 여물어가고 있었네.

사랑이 가고

잎이 지다
가을이 지다
사랑이 지다

끝내 지지 못한 그리움 하나
잎들에 덮여 싹을 만들다

빈 들판도 풍성하다.

화암사 가는 길 1

화암사의 가을은 길을 드러내지 않는다

길을 걷는 그대의 발밑
바스락거리는 마른 잎들의 소리가
당신을 만나는 길이라면

당신 머리 위에서 쏟아지는 햇살이
꽃같이 쏟아지는 잎들의 낙하가
당신을 만나는 길이라면

우화루 지나 극락전
그 좁은 햇살이나 지나는 거기쯤이
당신을 만나는 길이라면

극락전 지나는 가을 햇살 하나 불러
곰삭게 익은 극락전을 뒤로
찰칵 눌러대는 이 하루가
영정 사진이어도 좋겠네.

화암사 가는 길 2

지친 단풍잎들이 참 고왔습니다
제때를 지난 단풍잎은 제때의 단풍잎보다 화암사에서는 고왔습니다
습니다
발밑으로 내린 잎들의 사그락 소리와 겨우 흘러가는 작은 물소리가 좋았습니다.

화려함을 내려놓은 화암사 가는 길가에 서서 화암사를 봅니다
내 사랑이 저처럼 있을 만큼만 있어도 아름다운 화암사 같기를
소망했습니다
잎을 내려놓고 덩그러니 수줍음으로 달아놓은 홍시처럼
나 또한 저런 그리움과 수줍음으로 당신과 함께하고 싶었습니다

그 어디에도 사람 하나 살 것 같지 않은 곳에 길을 내어
차근차근 한 계단씩 오르면 문득 보이는 화암사 우화루처럼
당신 삶에 나 또한 아름다운 길이고 문득 다가선 잎비이고
천 년쯤은 아무렇지도 않게 서 있는 화암사이고 싶었습니다.

화암사 가는 길 3

서릿발 내리고 살얼음 언 길가에 눈이 조금 쌓여있습니다
떨어진 잎들 위로 쌓인 눈들을 밟으며 가는 화암사
진작 떨어져야 할 붉은 감들이 아직도 매달려 있습니다
작은 꽃등인 양 매달려 있습니다
감은 떨어지지 않고 저리 견디며 매달려 붉은 겨울 꽃등이 됩
니다

떨어질 때 떨어지는 것이 아름다움이라고
내 발밑 바스락거리는 낙엽이
뽀드득거리는 눈들이
참 곱다 생각하며 올라가다가
붉은 꽃등 같은 감들도 참 곱다 생각하며 올라가다가

떨어지는 것들이 아름답다는 우화루
거기 아직 떨어지지 않고 매달린 우화루 옆 감들
견디어 아름다운 겨울 꽃등을 봅니다.

4

마음을 열어야 보인다

어머니 1

어머니는 아프시지요. 여든세 해 기억하는 그 날들 모두 노동으로 가득한 날이었으니 뼈마디 어디 안 아픈 곳이 이상하겠지요. 의사 선생님이 어떠신지요 물으면 그냥 그렇지요 아직 유일하게 닳지 않은 웃음으로 대답하지만 닳아버린 허리는 웃음 뒤로 또 쑤셔오지요.

닳아버린 게 어디 뼈마디뿐이겠습니까? 여든세 해 지나온 날들에 묻은 가슴앓이는 내장도 녹여내어 밤 변소 잦은 어머니.

그날도 그랬지요. 하늘도 잠들고 땅도 잠들고 바람도 이제 잠들어 버리려고 하는 그 밤. 삐그덕 조심스레 열리는 문 앞에 나타나신 어머니. 화들짝 놀란 담배 연기 이리저리 흔들리고 잠시 잠깐 그림자처럼 멈추고 선 어머니, 변소로 들어가시고 소화되지 못한 엊저녁 요기 흘러내리고.

조용히 방문은 닫히고 다시 잠든 그 밤, 그 밤을 깨운 건 어머니의 속치마에서 나온 전 재산이었지요. 9만 원. 병원비가 많이 나오냐, 죽어야 하는디, 인자 죽어야 하는디 하며 내어놓은 전 재산 9만 원. 그 돈이 그 밤을 밤새 깨웠지요.

어머니 2 - 아들에게

죽음이 두려운 건 외로움 때문이다
홀로 제자리로 돌아가 누워
살아온 세상 돌아봐야 할 외로움 때문이다

다 써버린 내장들 썩어 이제는
하루 종일 소변줄 매달아야만 오줌 나오고
내 힘들여 할 수 있는 일은 똥이나 싸는 일
하루 종일 변소 들락거려도
나올 게 무에 있겠나
살아온 죄 부스러기나 나올 뿐

종일 누워
나오지 않는 똥 싸듯 죄달음한다
다 잊은 기억 꺼내 죄달음하는
아 여기는 무덤이다
무덤보다 더 외로운 내 방이다.

어머니 3

어머니는 눈물이 되었다
참고 살아온 세월들 모여

어머니가 참지 않고 살게 되자
똥오줌도 참지 않게 되자
내게 어머니는 참았던 눈물이 되었다

할 수 있는 일이라곤
참으라고 참으라고
그 옛날 날 사랑하던
날 키워주던 그 시절처럼 참으라고 참으라고
또 참으라고
아들은 눈물이 되어 이야기하지만

이제 참는 일은 내 일인데
나는 눈물을 참을 수 없는데
어머니는 무엇을 참아야 하는가

나는 눈물을 참을 수 있는가

세월 끝에서 흘러나오는 저
눈물 같은 똥오줌을 참을 수 있는가
똥오줌 같은 내 눈물 참을 수 있는가.

어머니 4

어머니 떠난 자리에 서서 늘 서성이는지. 아침마다 어머니 계시던 방문 열어보다가 슬그머니 문 닫고 있는지. 한 번도 슬프지 않은 사람처럼 샐샐 웃으면서 장난치고 그렇게 지내다가 문득 차 문 열고 시동을 걸다가 목덜미 허전하여 혼자 쓸어보는지……•

문을 열면 없다
마음을 열어야 보인다
웃음 머금고 있는 사진
나를 내려다본다
슬그머니 문만 닫는다
그러면 슬프지 않다
목덜미로 스치는 바람

살만해요
그래요 살만해요.

• 유학 간 선배의 편지 일부.

어머니 5

당신이 없는 지금 하늘은 참 서럽게도 맑습니다
가을보다 깊어진 하늘은 당신보다도 높기만 합니다
그 높은 곳에서 내려온 날 선 바람이 제 살 속으로 깊게 박힙니다

깊게 박힙니다
당신이 던진 모진 말보다 당신의 없어진 말이 더 날카롭습니다
당신이 흘기는 눈보다 당신의 무심한 눈빛이 더 강렬합니다
당신 없이 박히는 당신 기억이 더 깊어 아픕니다

아픕니다 그래도
언젠가는 이 하늘도 구름을 불러 하얀 눈을 내리겠지요
내 지친 어깨 위로 당신인 양 내려오겠지요

당신 없는 겨울입니다
무심한 새 한 마리도 날지 않는 겨울입니다
잎 하나 붙이지 못하고 서있는 나무 같은 겨울입니다.

안다

쪼그리고 앉아 담배를 피워보면 안다

다리저림 그 속으로 찌리찌리 오는 땅속의 통신
쪼그리고 앉아 똥 누던 시절
내 몸의 일부가 흙이 되던 그 시절
쪼그리고 앉아
하늘보다 먼저 땅속의 소식을 듣는다

쪼그리고 앉아보면
하늘보다 땅속에서 먼저 봄이 온다는 사실을
쪼그리고 앉아 똥을 싸본 사람만이
쪼그리고 앉아 담배를 피워본 사람만이 안다

내 몸이 어디를 향해야 하는지를
안다.

강천사 가는 길

맨발로 강천사를 간다
그늘 들은 길은 촉촉한 냉기다
햇살 들은 길은 풋풋한 온기다
신발이었다면
그냥 길이었을 강천사 가는 길

신발을 신고 걷는 일은
남의 시선으로 나를 사는 것
내 눈으로 남이 보는 세상을 보는 것

맨발로 강천사를 걷는다
촉촉한 냉기를 풋풋한 온기를
내 것으로 느끼며 걷는 강천사 가는 길.

바다가 될 수 있지

누구나 바다가 될 수 없지

계곡 쏜살같은 그 힘으로는
바다가 될 수 없지
흐르며 키워내는
만날수록 낮아지는 그 힘이어야
바다가 될 수 있지

흐르면서 만나는
이 아픔 저 아픔
내 눈물로 흘려야
흘려
내 몸 소금처럼 빛나야
혼자서도 출렁거리는
바다가 될 수 있지.

유모차에 대하여

유모차가 어느 때부터인가 할머니들의 지팡이가 되었다
나이를 먹으면 애기가 된다고
할머니들이 차마 유모차엔 타지 못하고 유모차에 기대어 산다

그러더니 유모차가 어느 때부터인가 할머니들의 짐차가 되었다
애기 대신 터억 올라앉은 폐지들
할머니들이 유모차에 폐지를 싣고 폐지에 기대어 산다

이 시대 유모차의 진화.

탄비 이야기

보신탕 뚝 끊고 개 한 마리 키웠지요.
불쌍하게도 그놈의 개는, 탄비는
진돗개라 집 안으로 들어올 수 없어서
아침저녁만 만나는 사이가 되었지요.

식전, 눈곱 떼며 그놈한테 찾아가
밤새 참은 오줌 한 줄기 서로 삼천 강둑에 갈기고
한 십 분쯤 강둑을 정신없이 달리다
제집에 데려와, 안 간다고 낑낑거려도 데려와
밥 멕이고 나는 밥 굶고 출근했지요.

그때는, 그러니까 그때는
어머니도 저세상으로 가불고
내 마음도 저세상에 반쯤은 가있어
그놈을, 나만 기다리던 그놈을 만나러만 다녔지요.
누워서도 나만 기다리셨던 어머니처럼.

그랬지요. 그놈을 만나면 젤일 참은 오줌 누이는 일이 내 첫 일
이었지요.

아침에도 저녁에도
한 다리 들고 징허게도 참 많이 싸던 그놈을 보면
하루 젤일 옷에 오줌 안 싸려 화장실 다니던 어머니가 떠올라
참 길게도 그놈 옆에서 울었지요.

그러면 그놈이 일 다 보고 와서는
내 눈물 핥으며 다른 곳으로 안 간다고 낑낑 울었지요.
그랬지요, 같이 낑낑 울며 온 강둑을 서성거렸지요.
흘러서 깊어진 강물처럼
흘리면서 그놈과 내가 깊어져 갔지요.

그랬지요. 탄비랑 나랑은 깊어졌지요.
어머니랑 나만큼 깊어졌지요.
우리가 함께 뛰어다니던 삼천만큼 깊어졌지요.

어찌 되었나구요?

보냈지요.

깊어진 물들이 다 흘러 바다로 가듯

깊어진 것들은 다 흘러 그곳으로 가지요.

그래요.

깊어지는 것은 아픔이지요.

소금처럼 여물지 못하는 깊어짐은 아픔이지요.

그래도 그 깊어지는 사랑 때문에 이렇게 사는 거지요.

탄비 이야기 한 자락이었습니다.

용서 1

사랑을 아파한다

하느님도
사랑을 위해 아파하는
사람 때문에 아픈
아픈 사랑은 용서한다

용서하시라.

용서 2

용서하시라
그대 곁에 벌써 가버린
그 마음도 용서하시라
아직도 빼내지 못한
그 마음도 용서하시라.

사랑

가슴에다 넣어두려 했구나
내 것인 양
그래서 그렇게 가슴이 답답하고 그랬구나

풀어놓아
팔딱이는 그리움이게 했어야 하는데
넣어두고 꽁꽁 숨겨놓으려 했구나

그래서 네가 아프고
내가 아파
흔들렸구나

흔들렸구나.

2부

소설

초승달

초승달이 떴습니다. 그렇다고 초승달이 지금 바로 뜬 것은 아닙니다. 진작에 떴는데 아직 해가 지지 않아 사람들이 초승달이 뜬 줄 모르는 거지요. 늦봄의 초승달은 해가 지기 전에 뜨지요. 해가 지고 나면 벌써 초승달은 중천에 가 있지요.

은희 씨가 초승달을 보았습니다. 서녘에 석양이 남아있는 그 시간. 은희 씨가 초승달을 보았습니다. 은희 씨가 사는 도시에서 이렇게 빨리 초승달을 보기는 그리 쉽지 않습니다. 초승달보다 환한 것들이 너무 많아서 그렇지요. 그런데 오늘 은희 씨가 초승달을 보았습니다. 음력 4월 초사흘. 애기 눈썹만 한 초승달을 보고 은희 씨가 웃습니다. 웃음이 참 곱습니다. 웃음이 이제 막 피어나는 찔레꽃 같습니다. 하얀 찔레꽃처럼 맑습니다.

은희 씨는 스마트폰을 꺼냅니다. 초승달을 찍습니다. 하지만 애기 눈썹만 한 초승달이 잘 찍히지 않나 봅니다. 은희 씨가 찍은 사진에 초승달은 점도 되지 못합니다. 스마트폰을 내리고 초승달을 봅니다. 살짝 입술이 벌어집니다. 초승달만큼 입을 벌리고 웃습니다. 고개를 오른쪽으로 살짝 틉니다. 초승달의 모양을 만드나 봅니다. 눈도 가늘게 떠봅니다. 눈으로도 초승달을 만드나 봅니다.

은희 씨가 문자를 보냅니다. 이 초승달을 예쁘게 봐줄 선배에게 보냅니다.

'하늘 보세요. 달이 너무 예뻐요. 은은한 날카로운 초승달. 초승달이 떴어요.'

문자를 보내고 한참 동안 더 초승달을 봅니다. 서른 살 처음 초승달을 보는 것처럼 참 오래도록 초승달을 봅니다. 그렇습니다. 은희 씨는 서울에서 나서 서울에서 자랐습니다. 서울에 이렇게 초승달이 곱게 뜨는 것을 몰랐습니다. 달은 시골에서만 고운 줄 알았습니다. 그래서 서울에서 달을 보려고 하늘을 올려다본 적이 별로 없습니다. 달을 봐도 '여기는 서울인데 뭐.' 하고 그냥 흘려보내고만 했지요. 그런데 오늘 보는 초승달이 참 곱습니다. 왜일까? 은희 씨는 곰곰이 생각합니다.

딩동. 문자가 옵니다. 은희 씨한테 온 문자입니다. 은희 씨는 모임을 하면서 친해진 사이입니다. 무슨 일에도 자신 없어 하는 정희 씨에게 은희 씨는 힘이 많이 되는 후배입니다. 정희 씨가 하는 일을 언제나 응원해 주는 은희 씨가 없었다면 모임에 잘 나가지 않았을지도 모릅니다. 그런 은희 씨한테 문자가 왔습니다.

그러고 보니 오늘이 음력 4월 초사흘입니다. 초사흘 달. 문득 노래가 떠오릅니다. '산뜻한 초사흘 달이 별과 함께 나오더라.' 산뜻한 초사흘달이 나왔다고. 정희 씨는 은희 씨가 예쁘다고 하는 달을 직접 보고 싶습니다. 은희 씨의 문자를 보면서 옛날 엄마가 해준 이야기가 떠올랐습니다. 노래를 중얼거리는 정희 씨의 입이 환하게 웃습니다. 옷을 갈아입고 밖으로 나옵니다.

"초사흘 달, 초사흘 달." 초사흘 달을 중얼거리며 초승달을 보러 정희 씨는 자전거를 타고 모악산 쪽으로 향합니다. 제법 어둑해진 논길입니다. 못자리를 해놓은 논둑에 자전거를 세웁니다. 그리고 초승달을 봅니다. 참 곱습니다. 정희 씨도 초승달을 잊고 살았습니다. 시골에서 내내 보고 살았던 달을 도시로 오면서 잊고 살았습니다. 어머니가 들려주셨던 이야기도 잊고 살았습니다. 그런데 은희 씨의 문자에 그 이야기가 살아왔습니다. 마음속 초승달도 곱게 떠올랐습니다.

정희 씨는 전화기를 꺼내 전화를 겁니다. 은희 씨입니다. 전화벨 소리보다 개구리 울음소리가 더 큽니다.

"이 소리 들려?"

"무슨 소리예요?"

"개구리 소리."

"어디예요?"

"자전거 타고 조금 나왔어. 초승달도 보고 이 소리도 들려주려고."

정희 씨는 귀에서 전화기를 떼어 개구리 소리가 잘 들리도록 논 쪽으로 돌립니다. 전화기 속에 개구리 소리가 그득합니다. 개굴 개굴 개굴. 하늘에는 여전히 고운 초승달이 그런 정희 씨를 흐릿하게 비춰줍니다. 바람은 살랑거리며 정희 씨를 스치고 지나갑니다. 모판의 모가 살랑거립니다. 개구리는 더 크게 웁니다.

"오늘 왜 이렇게 개구리가 크게 우는지 알아?"

"왜요?"

정희 씨는 어린 시절 어머니의 이야기를 떠올립니다. 초승달 같은 웃음이 정희 씨 입가에 번집니다.

"개구리가 왜 우냐면……."

어둑해져 집으로 돌아온 정희를 반기는 것은 아직 남아있는 석양의 햇살 흔적뿐입니다. 엄마 하고 불러도 대답이 없습니다. 부엌에 들어가 보니 깨끗하게 닦인 솥뚜껑이 아직 따뜻합니다. 밥을 해놓고 엄마는 어디 가셨나 봅니다.

마당으로 나와 실눈을 뜨고 느티나무 아래를 보니 엄마가 보입니다. 오늘도 엄마는 느티나무 아래에 나가계십니다. 그러고 보니 어제도 이 시간쯤에 엄마는 거기 계셨습니다. 엄마 하고 크게 부르면서 느티나무를 향해 달려갑니다.

"우리 새끼, 배고픈가?"

말을 하면서도 엄마는 우리 논 쪽을 쳐다봅니다. 엄마는 아직 여기에 더 있고 싶은가 봅니다.

"아니."

엄마는 여전히 저수지 아래 우리 논을 처다보고 계십니다. 정희도 처다봅니다. 멍하니 아직 모가 심기지 않은 논을 처다봅니다. 엄마를 봅니다. 엄마의 눈에 살짝 물기가 보입니다. 그렇습니다. 엊그제가 아버지 제삿날이었습니다. 저 논에서 못자리하다 쓰러지셨던 아버지. 엄마는 아버지를 보시나 봅니다. 정희도 아버지를 봅니다. 작은아버지가 대신 해준 못자리도 봅니다. 엄마도 봅니다. 바람이 살짝 스쳐 지나갑니다. 그냥 집에서 기다릴 걸 후회해도 아무 말도 할 수 없습니다. 그냥 집으로 갈 수도 없습니다. 엄마 옆으로 한 발 더 가서 살짝 엄마 손을 잡습니다. 엄마는 그래도 저 멀리 우리 논만 봅니다. 정희도 그렇습니다.

날은 어두워지고 어두워지는 만큼 더 조용해집니다. 조용한 느티나무 아래로 개구리가 울어댑니다. 개굴 개굴 개굴. 개구리 소리만 하염없이 들립니다. 가만히 있기 어색한 정희가 혼잣말을 합니다.

"개구리가 왜 이렇게 크게 울어?"

엄마가 정희를 처다봅니다. 쑥스러운 듯 소매로 눈을 훔칩니다.

"우리 새끼, 배고픈가?"

"아니."

아직 엄마는 여기에 더 있고 싶을 거라고 정희는 생각합니다.

꼬르륵 소리를 안 들리게 해주는 개구리 소리가 다행이다 싶습니다. 엄마는 정희 손을 꼬옥 잡으며 하늘을 쳐다봅니다. 하늘이 참 맑습니다. 정희도 하늘을 쳐다봅니다.

달이 떠있습니다. 초승달이 떠있습니다.

"엄마, 달 떴다!"

엄마가 달을 쳐다봅니다. 달은 벌써 하늘 한가운데 떠있습니다. 고개가 아플 만큼 달을 쳐다봅니다. 참 예쁩니다. 노란색을 띤 달이 참 곱습니다. 엄마처럼 곱다고 이야기하고 싶은데 참 쑥스럽습니다. 그냥 달만 쳐다봅니다. 개구리 소리가 더 시끄럽습니다.

"달이 참 곱제?"

"응."

"배 안 고프면 내가 이야기 하나 해주까?"

"응."

엄마와 정희는 느티나무 아래 평상에 앉습니다. 하늘 한번 쳐다보고, 우리 논 한번 쳐다보고, 정희를 쳐다보고 엄마가 이야기를 시작합니다.

"내가 니만 혔을 때 들은 야그란다. 니 외할매가 해줬제. 하도 고운 야그라 지금도 기억하고 있단다."

엄마는 한참이나 달을 쳐다봅니다.

"닷새만 있으면 부처님 오신 날이제. 긍개 오늘은 음력 4월 초

산날이그만. 음력으로 4월이 될 때쯤에 못자리를 허제. 우리 새끼
도 그건 알제?"

정희는 고개를 끄덕입니다. 집 울타리 찔레꽃이 피기 시작하
면 아버지는 뒷산에 가서 못자리할 흙을 퍼 옵니다. 그 퍼 온 흙
을 찔레꽃 담장 아래에 쌓아놓고 체로 쳐서 고운 흙만 모아 못자
리할 논으로 가져갑니다. 남은 굵은 흙은 정희 차지가 되어서 만
지며 놀곤 했습니다. 그렇게 놀다 보면 찔레꽃이 핍니다. 찔레꽃
이 피면 새순을 끊어서 껍질을 까먹곤 했습니다. 찔레 순은 그래
도 먹을만한데 찔레꽃은 참 씁니다. 그래서 정희는 하얀 저 부드
러운 꽃에 참 쓰디쓴 맛이 많이도 들었다고 생각하곤 했습니다.

그 꽃이 활짝 필 때쯤에 엄마는 곱게 차려입고 절에 가셨습니
다. 두 시간쯤 걸리는 미륵당이라는 절에 정희도 따라가 본 적이
있습니다. 갖은 채소를 넣은 비빔밥을 할 일 없이 무료하게 보냈
던 정희도 먹어봤습니다. 그러니 못자리할 때가 언제인지 정희는
알지요.

"우리 새끼는 양력배끼 몰랐겠지만 못자리는 음력 4월이 되기
전에 헌단다. 4월 달이 뜨기 전에 혀놔야 저 달을 보며 모가 무럭
무럭 자란단다. 모를 키우는 건 해가 아니라 달이제. 저 초생달이
모를 키우제. 우리 새끼 아능가?"

"모르제. 왜 근대?"

정희는 모를 키운다는 달을 쳐다봅니다. 애기 눈썹만도 못한

달이 어떻게 모를 키우는지 모르겠다는 표정으로 달을 쳐다봅니다. 엄마도 달을 쳐다봅니다. 달을 쳐다보던 정희는 엄마를 쳐다봅니다. 이야기를 하면서 엄마가 울지 않아서 좋다고 정희는 생각합니다. 그런 정희의 마음을 아는지 엄마는 정희의 머리를 쓰다듬습니다.

"모는 참 여리제?"

"응."

"우리 정희보다 여린 모를 키울라고 느그 아부지가 산에서 흙을 퍼 와서 논흙 위에다 뿌리고 볍씨를 뿌렸던 건 알제."

"응."

"그런 모가 해가 쨍쨍 내리쬐면 얼마나 힘들겠노? 그서 모들은 낮에는 그 햇살을 견디기만 허는 거제. 힘등개 낮에는 내내 고개를 푹 숙이고 있다가, 견디기만 허다가 밤이 돼불면 그때야 기지개를 키고 일어나제. 우리 새끼도 저녁이 푹 자고 인나면 키가 쑥 크듯이 말이제."

그럴 듯도 합니다. 정희도 키가 낮에 크는 것이 아니라 밤에 더 많이 큰다고 생각합니다.

"모가 밤에 그렇게 크는지 어떻게 아냐면, 그건 말이제. 개구리 소리 땜에 알제. 못자리를 해노면 밤에 개구리가 막 울어대는디, 왜 그냐면 말이제, 개구리가 못자리에서 말이제, 물을 먹다가 말이제, 고개를 들어보면 말이제, 그 물 먹든 새에 부쩍 커부린 모

102

를 보고 놀라서 막 울어대제. 아따메! 모가 언제 요렇게 자라부렸다나 허면서 막 울제. 글먼 다른 개구리들도 놀래라 놀래구라 허면서 같이 울어쌓는 거제. 그서 요렇게 못자리헌 후부터 모내기 혀서 모가 뿌랑지를 내릴 때까정 모를 키운 것은 다 달빛이제."

"글먼 개구리가 우는 것이 모가 막 너무 커서 놀래갖고 우는 거네."

"우리 새끼 똑똑허네. 그러제. 눈 깜짝할 새 커부린 모를 보고 놀라서 우는 거제. 밤새 쑥쑥 크는 모를 봄서 지들이 놀라서 막 우는 거제."

그러고 보니 낮에는 개구리가 그리 크게 울지 않습니다. 낮에는 개구리도 몇 마리만 울 뿐입니다. 엄마의 이야기를 듣고 보니 그렇습니다. 저 개구리가 우는 것이 너무 빨리 자라는 모 때문이라고 생각합니다. 정희도 저랑 키가 비슷했던 동무가 자기보다 한 뼘이나 커버렸을 때 많이 놀랐습니다. 울고 싶었으니까요.

"근디 말이제. 초생달의 기운을 너무 많이 받아 모가 막 빨리 자라부리면 안 되제. 다 때가 있는 건디 너무 커불면 안 됭개 초생달이 빨리 지는 거제. 너무 빨리 자라불면, 웃자라는 것이 됭깨. 웃자라면 쓸 데가 없어징깨. 그러지 말라고 초생달들은 빨리빨리 서산으로 지는 거제. 글고 밤새 개구리도 울면 힘등개 개구리도 쉬라고."

이제 많이 어둑해진 느티나무 아래서 정희는 못자리를 봅니다.

저렇게 왕왕 개구리가 울어대는 것을 보니 오늘 밤에도 모가 무척 많이 자라나 봅니다. 엄마도 못자리를 봅니다. 정희도 빨리 커서 아버지가 안 계셔 슬픈 엄마를 지켜드리고 싶습니다. 그래서 정희는 고개를 들어 초승달을 쳐다봅니다. 정희는 초승달의 기운을 많이 받고 싶습니다. 그런 정희를 엄마는 물끄러미 쳐다봅니다.

"우리 새끼, 근데 있제."

달을 쳐다보며 정희는 대답을 합니다.

"응."

"우리 새끼도 후딱 크고 싶제."

"그러제. 후딱 커서 돈 많이 벌어야제."

"아까도 야그혔지만 웃자라 불면 안 되제. 너무 빨리 커불면 좋을 것 같아도 안 그러제. 다 때가 있는 거제."

엄마는 초승달을 쳐다봅니다. 초승달이 벌써 중천을 지나 서쪽 하늘로 향하고 있습니다.

"우리 새끼가 인제 열 살인개 아직 먼 야그지만……."

엄마는 정희의 머리를 쓰다듬습니다. 그 손길이 참 따뜻하다고 정희는 생각합니다. 정희는 엄마의 손을 잡습니다.

"우리 정희가 커서 누군가를 사랑헐 때 말이제. 저 초생달 같았으면 좋겄그만. 하루하루 배불러지는 저 초생달처럼 우리 새끼 사랑허는 맘도 하루하루 커져가고. 그런 우리 새끼 사랑으로, 우리 새끼가 사랑허는 그 색시도 저 모처럼 훌쩍 커서 우리 새끼도 지켜주고……."

정희는 참 쑥스럽습니다. 아직 사랑이라는 것은 모르지만 그 사랑이라는 말이 참 쑥스럽습니다. 정희가 커서 누군가를 사랑한 다는 말이 참 쑥스럽습니다. 엄마는 이야기를 멈추고 우리 논을 보고 있습니다. 어쩌면 아버지를 보는지도 모르겠습니다. 엄마의 눈에 물기가 있을까 봐 엄마를 봅니다. 엄마의 눈에는 물기가 없습니다. 엄마는 계속 우리 논을 보며 이야기를 합니다.

"사랑이란 건 말이제. 해처럼 빛나는 건만 사랑이라고 말허지 만 사랑은 그런 게 아니제. 빛나는 것은 말이제. 빛난 만큼 어둔 데가 있제. 그니까 그니까 말이제. 사랑이란 건 말이제. 요렇게 어둔 세상을 눈 안 부시게 환하게 만드는 거제. 저만 크는 게 아 니라 다른 것도 키우는 거제. 저 혼자만 잘난 것은 사랑이 아니 제. 저 초생달이 하루하루 저렇게 살찌는 것은 지가 키운 모의 기 운을 받아서 그러는 거제. 지가 키운 사랑으로 지가 크는 거제."

무슨 말인지 잘은 모르지만 크면 엄마가 말한 대로 사랑하리라 고 정희는 마음을 먹습니다.

"글먼 초생달이 보름달이 되는 것은 모 같이 여린 것을 키워서 그러는 거네?"

"그러제. 우리 새끼가 인자 다 커부렀네. 인자는 엄마 없어도 되겠네."

다 컸다는 말은 듣기 좋은데 엄마가 없어도 된다는 말은 무섭습니다. 정희는 엄마 손을 더 세게 꼭 줍니다.

"근디 우리 새끼, 초생달이 언제 반달이 되는지 아는고?"

"잘 모르제."

"초여드레가 되면 반달이 되제. 반달이 됐다는 것은 모가 뿌랑지를 다 내렸다는 거제. 모가 뿌랑지를 내리면 초생달이 반달이 돼불제. 글면 인자 뿌랑지 내린 모가 달을 키우는 거제. 모가 달을 키워 보름달을 만들제. 그렇게 커서 못자리서 나와갖고 모내기를 허면 논에서 해를 보면서 커서 나락이 되고 쌀이 돼불제."

엄마가 달을 봅니다. 정희도 달을 봅니다. 저 초승달이 모를 키운다고 하니 달이 새롭게 보입니다. 빛도 거의 없는 저 초승달이 우리가 먹을 모를 키운다니, 초승달이 참 대단하다고 생각합니다. 개구리는 지금도 막 울어댑니다.

"우리 새끼, 부처님 오신 날 에미 따라갈랑가?"

"응."

"부처님은 반달이 될 때 태어났제. 초생달이 모를 키울 때 태어난 거제. 초여드레에 부처님이 태어난 건 말이제. 다 이유가 있는 거제. 초생달이 모를 키우듯 우리를 다 키우고 나서 태어날라고 그래서 그런 거제. 우리 착하게 살라고 우리를 다 키우고 태어난 거제. 긍개 부처님 오신 날 부처님 뵙고 오면 우리가 인자 부처님 은공을 받아 부처님도 키우고 부처님이 키운 세상도 키우고 그려야제."

정희는 알 듯도 하고 모를 듯도 합니다.

"우리 새끼도 인자 컸응개, 부처님한테 백팔 배 허고 올 수 있제?"

"응."

"우리 새끼 배고프겄네. 에미가 새끼 밥도 안 멕이고 구년묵은 소리 많이 혔네."

"난 엄마 이야기 들은개 좋았는디. 개구리 소리도 듣기 좋그만. 괘않여."

초승달은 서쪽으로 막 가고 개구리도 막 울어댑니다. 개구리 소리가 초승달 아래로 가득합니다.

"개구리가 왜 우냐면……."

정희 씨는 느티나무 아래 개구리 소리를 듣습니다. 엄마와 함께 듣던 개구리 소리를 은희 씨와 듣습니다.

"개구리가 이렇게 우는 것은 사랑을 보았기 때문이야. 초승달과 모의 사랑을 봐서 사람들도 그걸 보라고 우는 거야."

은희 씨는 정희 씨가 무슨 말을 하는지 잘 모르겠습니다. 하지만 정희 씨가 마음의 이야기를 하는 것이라는 것은 알듯합니다. 그런 정희 씨가 시인 같다는 생각을 합니다. 은희 씨는 문자를 잘 보냈다는 생각을 합니다. 전화기 너머로 들려오는 개구리 소리를 듣습니다.

"부처님 오신 날 나랑 절에 갈까? 우리 엄마가 다니던 절이 있는데, 거기 가게. 올 거야?"

가야 할 것 같습니다. 초승달과 모의 사랑이 무엇인지 들어야 할 것 같습니다. 막연하지만 은희 씨에게도 사랑이 찾아올 것 같습니다. 초승달을 본 은희 씨에게 사랑이 올 것 같습니다. 전화기 너머로 여전히 개구리가 울어댑니다. 은희 씨 마음에서도 개구리 울음소리가 들리는 듯합니다. 초승달이 곱게 은희 씨를 내려다보고 있습니다.

싸리나무

1. 산속 아침이 보고 잪은디

"긍개 내가 아부지 따라가면 안 될랑가. 나는 산속에서 어떻게 아침이 온지 보고 잪은디."

막 잠에서 깨 이불 밖으로 나온 정열이를 라면을 먹던 정재 씨가 쳐다봅니다.

"뭔 말이당가?"

"긍개 아침이 보고 잪으당개. 저번에 아부지가 산속에 아침이 오면 이쁘다고 혔잖여. 나도 그게 보고 잪아서."

"아부지야 일허러 간디 니가 가면 너그 아부지 일 못 허디야. 여그 라면 국물이나 쪼매 먹고 더 자."

"나 그냥 가만히 있을 건디. 아부지 일허는디 신경 안 쓰게 헐 건디."

정재 씨가 물끄러미 아들을 봅니다. 귀례 씨도 어이없다는 듯이 아들을 봅니다. 고개를 들어 호롱불 빛에 살짝 보이는 벽시계를 봅니다. 두 시가 갓 넘은 듯합니다. 라면 국물이 만들어내는

김이 온 방을 뿌옇게 합니다. 젓가락질을 멈춘 방 안은 참으로 고
요합니다.

"나는 아부지 따라가고 잦은디."

"안 대야."

"따라가고 싶은디. 오늘 공일이잖여."

정재 씨가 귀례 씨를 봅니다.

"밖은 춰야."

"옷 따숩게 입으면 되는디."

귀례 씨가 방문을 엽니다. 라면 국물 김이 쑥 빠져나갑니다. 어
둠 속에 있던 찬바람이 잽싸게 들어옵니다. 귀례 씨는 재빨리 문
을 닫습니다.

"많이 춰야."

"옷 따숩게 입혀주면 되잖여."

귀례 씨가 정재 씨를 봅니다.

"증말 가만히 있을랑가?"

"그제."

"요 말국에 밥 좀 말아줘."

귀례 씨가 정재 씨 라면 그릇에서 국물을 따라냅니다. 정열이
가 침을 꼴깍 넘기며 바라봅니다. 밥그릇에서 밥 한 귀퉁이를 떼
어내 말아줍니다.

"근디, 엄니. 나도 일 따라강개 라면 건더기 좀 주면 안 됭가?

건더기가 먹고 잖은디."

"아부지 귀찮게 안 헌다고 그렸잖여."

"알겄그만."

정재 씨는 자기 라면 그릇에서 건더기를 건져 정열이에게 줍니다.

"그러지 마쇼."

"야도 일 가는디 같이 먹어야제."

정재 씨는 라면을 덜어낸 그릇에 밥을 채웁니다.

"어여 먹그라. 늦겄다."

"알겄그만."

정열이는 라면 한 가닥을 입에 넣고 쭉 빨아올립니다.

"맛있능가."

"맛있제."

귀례 씨는 라면을 맛있게 먹고 있는 아들의 옷을 챙깁니다.

"아부지, 책도 하나 가져가도 되제?"

"그러제."

방 안이 분주합니다. 귀례 씨는 남은 밥을 도시락에 더 넣습니다. 김치도 조금 더 넣습니다. 정열이는 라면을 먹다 말고 책을 챙깁니다. 정재 씨는 남은 국물을 마십니다. 귀례 씨는 도시락 보자기에 깔고 앉을 큰 보자기 하나를 넣습니다.

"아부지 말 잘 들어야 헌다."

"그러제."

정재 씨가 먼저 밖으로 나옵니다. 담벼락에 세워놓은 지게를 챙겨 토방에 올려놓습니다. 새끼줄을 지게 뒷다리에 촘촘히 감습니다. 귀례 씨는 정열이에게 옷을 입힙니다.

"아부지 말 잘 들어야 혀?"

"그제."

밖의 부산한 소리에 깼는지 큰딸 옥금 씨가 작은방에서 나옵니다.

"아부지 일 간대요?"

그사이 두툼하게 옷을 입고 나오는 정열이를 봅니다.

"야는 와?"

"산속 아침을 보고 잪으단다."

"춘디, 뭔 일이대?"

"정열이 얘기면 다 들어주는 니 아부지 때문이제."

귀례 씨는 정재 씨를 흘겨봅니다.

"아부지 말 잘 들어야 헌다."

"그러제."

"여그 한번 타봐라."

촘촘히 새끼줄이 감긴 지게 뒷다리에 정열이가 탑니다.

"올 때는 어떻게 헐라고?"

귀례 씨는 걱정스럽습니다.

"올 때는 걸어올 수 있제?"

"그러제."

귀례 씨가 지게 앞다리 한쪽에 도시락을 겁니다. 정재 씨는 다른 한쪽에 포대에 싼 낫과 물병을 겁니다. 정열이는 책 한 권을 들고 지게 위를 지킵니다.

"어야, 신발 신어야제."

옥금 씨가 얼른 토방에 내려와 정열이에게 신발을 신깁니다. 정재 씨가 지게를 집니다. 정열이는 얼른 지게 앞다리를 잡습니다.

"댕겨오겄그만."

"조심히 댕겨오쇼. 정열이는 아부지 말 잘 듣고."

"그러제."

2. 어둠이 산을 낳을 것이그만

싸리문 밖은 어둠뿐입니다. 정재 씨가 손전등으로 길을 비춥니다. 손전등의 빛만큼만 세상이 밝습니다. 손전등 불빛이 흔들리며 어둠 속에 길게 길을 냅니다. 정재 씨의 발걸음이 빨라집니다. 손전등 불빛도 부산하게 움직입니다. 산길에 접어들기 전에 늦어진 시간을 벌 추산인지 정재 씨의 발걸음이 더 빨라집니다. 지게 위 정열이는 하늘을 봅니다. 별이 총총합니다.

벌써 산길입니다. 정재 씨의 발걸음이 조심스러워집니다.

"꽉 잡아야 헌다."

"그러제. 근디 아부지, 안 무겁당가?"

"안 무겁제."

산길을 오르는 정재 씨의 숨소리가 거칠어집니다.

"아부지, 내가 걸어갈까?"

"괜찮여. 니가 무거서 그런 게 아니라 산을 올르면 다 그려. 빈 손으로 가도 올라갈라면 다 이케 숨이 가쁜 겨."

정재 씨의 숨소리가 더 거칠어집니다.

"언제 아침이 온대, 아부지?"

"쪼매 있으면 요 시커먼 어둠이 산을 낳을 것이그만."

"산을 워떠께 낳는디?"

"인작은 하늘이랑 산이랑 땅이랑이 다 하난디, 쪼매 지나면 산이 보일 것이그만. 고롷게 어둠이 산을 낳을 때부텅 아침이 시작되는 것이제."

정재 씨가 하늘을 봅니다. 온통 어둠뿐입니다.

"글다가 산이 또 낭구를 낳제."

"산은 또 낭구를 낳아?"

"그러제. 하늘허구 산허구만 나눠졌다가 산이 낭구를 낳아부리제. 산속에 꼭꼭 숨었던 낭구들이 애 나오데끼 하나둘씩 나올 것이그만. 글면 거즘 아침이 온 것이제. 잠깐 쉴랑가?"

정재 씨는 지게를 받치고 정열이를 내려놓습니다. 소복이 밴 땀을 소매로 훔칩니다. 정재 씨는 정열이에게 손전등을 줍니다. 정열이는 손전등을 이리저리 비춰봅니다. 정열이가 비추고 있는 오르막길이 아득합니다. 나무 위를 비추자 갈참나무 잎사귀가 많이 보입니다. 그 갈참나무 잎사귀 사이로 별들이 보입니다. 손전등을 끕니다. 온 세상이 까맣습니다. 정열이는 고개를 들어 하늘을 봅니다. 잎사귀 사이로 별이 총총합니다. 다시 손전등을 켭니다. 정재 씨가 땀을 훔쳐냅니다.

"근디 아부지, 왜 이렇게 멀리 일하러 가?"

"가찬 데는 싸리낭구가 없응개 그러제. 근디 우리 아들 안 춘가?"

"괜않여. 옷 많이 입었잖여."

"인자 또 가까?"

정재 씨는 정열이를 지게에 태우고 걷습니다. 제법 가팔라진 산길이 정재 씨의 숨소리를 거칠게 합니다. 걸을수록 정재 씨의 숨소리가 더 거칠어집니다. 정열이는 손전등 불빛을 봅니다. 그러다 하늘을 봅니다. 잘 안 보이는지 눈을 꾹 감고 있다가 떠서 다시 봅니다. 하늘에 별이 총총합니다. 하늘의 별빛과 손전등이 만드는 작은 길만이 환합니다. 깊은 어둠입니다. 어둠 속으로 정재 씨의 숨소리가 요란합니다. 정재 씨의 발소리도 요란합니다. 올라갈수록 어둠이 깊습니다.

"아부지, 힘들제?"

"글도 이렇게 우리 아들이랑 옹개 안 심심허고 좋그만. 안 무서
불고."

"아부지도 무섭당가?"

"그러제. 이렇게 시커머면 다 무섭제. 앞이 안 보잉개 아부지도
무섭제."

"도채비 나올깸시 무서운 겨?"

"것도 글지만 앞이 안 보잉개. 가도 가도 칠흑 같은 어둠잉개.
뭐가 튈지 몰릉개. 그서 무섭제. 그서 사는 게 무섭제."

"사는 건 왜 무선디?"

정재 씨는 앞으로 올라가야 할 길을 아득히 쳐다봅니다. 어둠
만 무성합니다. 무성한 어둠을 손전등 불빛이 갈라줍니다. 아득
하게 산길이 보입니다.

"글도 인자는 우리 아들이 있어서 사는 것도 하나도 안 무섭그
만. 우리 아들이 요 불빛 같아서 한 개도 인자는 안 무섭그만."

일찍 떨어진 나뭇잎에 맺힌 이슬 때문에 정재 씨가 삐끗합니
다. 정열이도 지게 위에서 휘청합니다. 조심스럽게 발을 떼도 부
스럭거리는 정재 씨의 발걸음이 시끄럽습니다. 발걸음 소리에 놀
랐는지 푸드덕 새 한 마리가 날아갑니다. 정재 씨의 손전등 불빛
이 새 쪽을 향하다 다시 길을 비춥니다. 아련하게 산길이 보입니
다. 정재 씨는 줄기차게 올라갑니다.

"여기서 쉬자잉."

제법 널찍한 공터입니다. 공터 옆으로 아이 하나가 누울만한 넓은 바위도 있습니다. 정재 씨가 가끔 점심을 먹는 곳입니다. 지게를 받치고 정열이를 내려놓습니다.

"여기서 아침을 보자잉."

어둠이 얇아진 것 같습니다. 정재 씨는 도시락 보자기를 풀어, 그 안에 들어있던 큰 보자기를 바닥에 깝니다. 정열이는 거기에 앉습니다. 정재 씨는 그 옆 바위에 앉습니다.

"인자 아침이 오는 겨?"

"후딱 아침이 오제. 눈 잠깐 감고 있다가 떠불면 후딱 아침이 오제."

"그케 아침이 후딱 와?"

"그제. 요렇게 깜깜한 것이 언제 밝을라나 허고 있으면 아침이 오제. 아침 오는 건 금방이제. 어둠만 뵈다가 산이 뵈고, 산만 뵈다가 낭구가 뵈고, 낭구둥치만 뵈다가 잎싸구가 뵈고, 그 낭구 아래 풀들도 뵈고, 떨궈진 잎싸구도 보이제. 글다가 땅도 뵈고, 자갈도 뵈다가 흙도 뵈제. 글다가 세상이 다 뵈는 거제."

"해도 안 뜨는디?"

"해는 지금도 떴을 거만. 저그 바다란 데서 떠서, 땅으로 올라왔다가 산으로 올라오제. 근디 우리 아들 안 춘가?"

"하나도 안 춘디."

"인자 후레쉬를 꺼봐야."

정열이는 손전등을 꺼서 보자기 아래에 내려놓습니다. 정말 어둠이 얇아진 것 같습니다. 아버지 말대로 나무둥치가 보이는 듯합니다.

"근디 산속 아침이 왜 그렇게 이쁜 겨?"

"여그는 불빛이 한 개도 없디야. 집에서야 후딱 인난 사람들이 불도 키고 그렁개 불빛에서 먼저 아침이 오는디, 여기는 해에서 아침이 오제."

정재 씨는 하늘을 봅니다. 정열이도 아버지를 따라 하늘을 봅니다.

"봐봐. 하늘에 별들이 힘을 잃었제. 봐봐. 산들이 뵈제?"

정열이가 하늘을 봅니다. 그 아래 숨어있던 산들이 어둠으로 제 모습을 보입니다.

"쪼매만 기둘리면 낭구들도 보일 것이그만."

정재 씨는 산날망을 쳐다봅니다. 정열이는 눈을 부라리며 주변을 쳐다봅니다. 하지만 아직 산이 나무를 낳지 못해서인지 나무는 그림자처럼만 보입니다. 어둠이 정재 씨와 정열이를 감쌉니다. 고요도 함께 둘을 감쌉니다.

"인자 낭구둥치도 보이제."

어느새인가 정열이 눈에도 나무가 보입니다.

"쪼매만 있으면 낭구가 기지개를 헐 것이그만. 낭구가 기지개를 허먼 잎싸구가 살랑살랑 움직이제. 글먼 땅에 있는 풀들도 살짝 인나제. 풀들이 인나면 땅도 깨제. 한 개도 안 뵈던 길들도 그때 인나는 거제."

"아부지는 어떻게 일케 잘 안대?"

"많이 와봤응개. 뭐든 많이 보면 알제."

"많이 보면 아는그만?"

"그러제. 뭐든 많이 보면 알아불제. 우리 아들도 책 많이 보면 뭐든 다 알아불 것이그만."

정재 씨는 어스름이 오는 산을 바라봅니다. 어두웠던 산에 나무둥치들이 하나둘씩 보입니다. 나뭇잎이 살랑거리는 듯도 합니다. 나뭇잎도, 풀들도 이슬을 머금었을 것입니다. 그 풀잎들 없는 곳으로 난 길들도 제법 멀리까지 보입니다.

"진짜로 이쁜 건 해가 산꼭대기로 훌쩍 올라올 때제. 낭구 잎싸구가 해를 받아서 반짝반짝 빛날 것이그만. 낭구둥치로 해가 나왔다 들어갔다도 헐 거그만. 해가 풀을 비추면 이슬이 반짝반짝 할 것이그만."

정열이는 하늘을 보다가, 나무를 보다가, 풀을 보다가, 길게 늘어진 길도 봅니다.

"진짜로 산속에서 아침이 좋은 건 영영 어두울랑가 그런 생각을 허고 있을 제 요렇게 환해져 붐서 아침이 오는 것이제. 안 뵌 것들이 눈으로 요렇게 쏙 들어올 때 참말로 나도 그래질 것 같아서 좋제."

정열이는 마지막 아버지 말이 무슨 말인지 모르겠습니다. 그래도 이렇게 아무것도 안 보이는 어둠이 순식간에 밀려간 이 순간이 좋았습니다. 어둠으로만 보이던 산이 이제 나무로, 풀로, 길로 보이는 것이 좋았습니다.

"아부지, 참말로 좋그만."

"우리 아들이 좋당개 아부지도 좋네."

정재 씨는 지게 위에서 낫을 뽑아듭니다.

"아부지 인자 일허로 갈 건디 여그 혼자 있을 수 있제."

"그먼."

"저그 성수산꺼정 가얄지 물릉개 뒤 시간 걸릴지 몰러. 우리 아들 그 책 보고 있으면 되겠네."

"응, 알겄그만."

"아직은 잘 안 보잉개 나무랑 풀이랑 보다가 해 뜨먼 그때 책 보소잉."

"그럴 것이그만."

정재 씨는 발이 안 떨어지는지 떠나지를 못합니다. 지게 위에 있는 도시락을 바위 위에다 놓습니다. 물병을 가져가려다가 도시락 옆에다 놓습니다.

"우리 아들, 안 춘가?"

좀 쌀쌀한 듯도 합니다.

"응, 안 춰."

"추먼 저 위로 조금 걸어갔다 왔다 혀. 이제 해 뜨면 안 출 것이 그만."

정재 씨는 낫하고 새끼줄 한 발만 챙겨 산 위로 올라갑니다. 정열이의 눈이 아버지 발걸음을 따라갑니다. 한참을 올라가다 길을 벗어납니다. 길을 벗어나 산속으로 들어가는 아버지를 정열이의 눈이 따라갑니다. 이제 나무만 보이고 아버지는 보이지 않습니다.

3. 산바람도 같이 먹고

먼동이 텄어도 아직 산은 어둠입니다. 정열이는 조금 무섭기도 합니다. 그래도 이 산속에 아버지도 같이 있다는 생각으로 견딥니다. 정말 나무도 기지개를 켜는지 지켜봅니다. 나뭇잎이 살랑거리는 게 벌써 나무가 기지개를 켠 듯합니다.

조금 추운 듯하자 정열이는 아버지 말대로 산 위를 향해 걸어봅니다. 그리 많이 올라간 것 같지 않은데도 숨이 찹니다. 다시 내려옵니다. 다시 올라갑니다. 다시 숨이 찹니다. 멈춰 서서 아버지가 있을 저 산속을 쳐다봅니다. 다시 내려옵니다. 보자기 위에 앉습니다. 책을 펼쳐봅니다. 책을 덮습니다. 산을 쳐다봅니다. 아니 나무를 쳐다봅니다. 나무둥치를 보고, 나뭇잎을 봅니다. 풀들도 봅니다. 땅도 봅니다. 길게 이어진 길들도 봅니다.

갑자기 산이 환해집니다. 해가 산 위로 올라오나 봅니다. 정열이는 가까이에 있는 억새 잎 옆으로 갑니다. 이슬을 머금은 잎이 아직 빛나지 않습니다. 햇살 하나가 정열이 눈으로 들어옵니다. 아직 억새 잎은 빛나지 않습니다. 정열이는 기다립니다. 참나무 잎에 햇살이 앉습니다. 소나무 잎에도 햇살이 앉습니다. 저 멀리 키 작은 사방나무 잎에 이슬이 빛납니다. 땡감나무 잎도 빛납니다. 정열이 옆 억새 잎도 빛납니다. 세상이 온통 빛납니다. 햇살이 창이 되어 온 산을 찔러댑니다. 온 산이 그득 빛납니다. 이슬이 있어도 빛나고, 이슬이 없어도 빛납니다. 산이 참으로 눈부십니다.

그런데도 시간은 더디 갑니다. 보자기 위에 앉았다가 바위 위에도 앉아봅니다. 아버지는 아직 안 오십니다. 바위 위에 떨어진 떡갈나무 잎사귀를 만져봅니다. 부드럽습니다. 바위 아래 떡갈나무 잎들을 모읍니다. 하나, 둘, 셋, 넷……. 바위 위로 개미가 지나갑니다. 떡갈나무 잎 위로 개미를 올립니다. 정신없이 기어가다가 잎끝에서 멈칫합니다. 다시 잎을 잡은 정열이 손 쪽으로 옵니다. 다시 갑니다. 정신없이 이리저리 다닙니다. 그래도 시간은 더디 갑니다.

보자기 위에 앉아 책을 봅니다. 아버지가 사다 주신 《알리바바와 40인의 도적》. '여기에도 산적이 있을까?' 무서워 책을 덮습니다. 이번에는 춥지 않아도 걷습니다. 길옆으로 노란색 무더기가 있습니다. 내려갑니다. 산국입니다. 아버지가 전에 이름을 알려주신 꽃입니다. "힘들 때 냄새 맡으면 참말로 좋제." 하시던 꽃. 냄새를 맡아봅니다. 향기롭습니다. 줄기를 끊습니다. 하나 더 끊습니다. 손에 잡힌 꽃 냄새를 맡으며 몇 줄기 더 끊습니다.

"정열아!"

정재 씨 목소리가 저 멀리서 울립니다. 정재 씨는 안 보입니다.

"아부지!"

정열이는 산국을 들고 소리 나는 쪽으로 달려갑니다. 정재 씨는 안 보입니다. 정열이는 서두르다 그만 넘어집니다. 산국이 사방으로 튑니다. 하나씩 주워듭니다. 한 손으로는 옷을 텁니다. 저밑에 산국 한 송이가 떨어져 있습니다. 주우러 가려다 그냥 위로 올라갑니다.

"아부지!"

"오야!"

소리만 오갑니다. 정열이가 소리 나는 곳으로 올라갑니다. 아직 정재 씨는 안 보입니다.

"아부지!"

"오야!"

소리 사이가 가까워졌습니다. 그래도 정재 씨는 보이지 않습니다. 정열이는 산국을 들고 달립니다.

"엎어지겄다."

소나무 사이로 정재 씨가 싸리나무 다발을 어깨에 메고 나타납니다.

"아부지!"

정열이는 정재 씨를 보고 정신없이 달려갑니다. 산국도 같이 달려갑니다. 정열이는 정재 씨의 다리를 꽉 껴안습니다. 정재 씨가 휘청입니다. 정열이가 아버지 다리를 놓고 옆으로 피합니다.

"많이 지둘렸능가?"

정열이가 정재 씨를 쳐다봅니다. 정재 씨 얼굴에 땀이 흥건합니다.

"많이 쪘네?"

"우리 아들이 와서 재수가 좋은개 벼."

정열이가 먼저 내려갑니다. 정재 씨도 내려갑니다. 떡갈나무 잎이 놓인 바위가 보입니다. 정열이가 바위 위에 올라가 섭니다. 정재 씨는 바위 옆에 베어 온 싸리나무를 던집니다. 제법 큰 소리를 내며 싸리나무가 땅에 떨어집니다. 정재 씨는 지게에 걸려 있는 새끼줄을 낫으로 한 발쯤 베어 옵니다. 위에 묶였던 새끼줄은 풀어 원래 자리보다 조금 위에 다시 단단히 묶습니다. 정열이는 얼른 산국을 바위 위에 놓고 보자기 위에 있는 물통을 가져옵니다. 바위에 앉아 정재 씨가 물을 마십니다. 정열이는 정재 씨의 얼굴을 손목으로 닦습니다.

"힘들제?"

"안 심심혔능가?"

"아부지는 일허고 왔는디 뭐."

"배고픈가?"

"아직은 아닌디. 아부지는 배고픈가?"

"나도 아직 괜않은디. 글먼 한 번 후딱 댕겨와도 되제?"

"그제."

정재 씨는 낫으로 새끼줄 한 발을 끊어서 둘둘 말아 산을 오릅니다. 정열이는 눈으로 정재 씨를 따라갑니다. 몇 발 옮기면서 정재 씨가 아련해질 때까지 눈으로 따라갑니다. 아버지가 다시 보이지 않습니다. 정열이는 내려와서 바위에 앉습니다. 다시 바위 아래로 내려와 싸리나무를 셉니다. 하나, 둘, 셋…… 열, 스물, 마흔, 일흔……. 참 많습니다. 정열이가 다 세지도 못할 만큼 많습니다. 셈을 포기한 정열이는 가지에 아직 붙어있는 싸리나무 잎사귀를 땁니다. 이 잎사귀는 바지게를 만드는 데 쓰지 못한다는 걸 정열이는 압니다. 떡갈나무 잎에 비하면 싸리나무 잎은 참 작습니다. 하나하나 땁니다. 바위 아래 싸리나무 잎이 무성해집니다. 소복합니다. 그래도 심심합니다.

정열이는 바위 위로 올라갑니다. 눕습니다. 하늘이 보입니다. 산 위로 몸을 돌리자 햇살이 눈에 가득 들어옵니다. 얼른 눈을 감습니다. 한참을 감고 있다 눈을 뜹니다. 하늘이 파랗습니다. 키가 큰 나무의 잎들은 누렇습니다. 소나무 잎은 파랗습니다. 땅은 누렇습니다. 다시 하늘을 봅니다. 하늘은 참으로 파랗습니다. 눈을 감습니다. 한밤에 일어나서 졸린지, 햇살이 따뜻해서 졸린지, 정열이는 잠이 옵니다. 아까 잠깐 봤던 책 생각이 납니다. '열려라, 참깨. 졸려라, 참깨.'

바위 위로 올라온 개미 한 마리가 정열이의 손등을 타고 오릅니다. 정열이가 가려운지 팔을 들어 흔듭니다. 개미가 바위 아래로 떨어집니다. 얼굴에만 비추던 햇살이 배까지 내려옵니다. 다리까지 내려옵니다. 정열이는 꿈쩍도 하지 않습니다. 떡갈나무 잎 하나가 바위 위로 떨어집니다. 그래도 정열이는 꿈쩍도 하지 않습니다. 상수리나무 잎이 바람에 우수수합니다. 그래도 정열이는 꿈쩍도 하지 않습니다.

'휘리로록, 휘리로록.' 목청 좋은 새가 웁니다. '딱, 딱, 딱…….' 정열이가 눈을 뜹니다. 일어나 사방을 쳐다봅니다. 아무도 없습니다. 산 위를 쳐다보며 아버지를 부릅니다.

"아, 부, 지."

산 위에서 '부, 지.' 합니다.

"아부지, 언제 온대?"

산 위에서 '제 온대?' 합니다.

배가 고픈 듯도 합니다. 도시락 보자기가 보입니다. 그늘에 있는 보자기를 햇살이 드는 바위 위에 놓습니다. 산 위를 쳐다보니

다. 아버지는 보이지 않습니다. 아까 뜯다 만 싸리나무 잎사귀를
뜯습니다. 좀 전에 뜯어놓은 잎사귀들이 벌써 힘이 없습니다. 아
버지가 없어서인지, 배가 고파서인지 정열이도 힘이 없습니다.
그래도 정열이는 싸리나무 잎사귀를 뜯습니다.

"우리 아들, 잎싸구 뜯는 겨?"

정열이가 깜짝 놀라 소리 나는 곳을 봅니다. 아버지입니다.

"언제 왔대?"

"우리 아들 배고플깜시 후딱 왔제."

아까 것보다 다발이 적은 싸리나무를 정재 씨는 땅에 내려놓습
니다. 정열이가 뜯어놓은 싸리나무 잎들이 풀썩 떴다가 가라앉습
니다.

"밥 묵으까?"

"좋제."

정재 씨가 바위 위에 도시락을 풉니다. 수저와 젓가락이 한 벌
뿐입니다. 베어 온 싸리나무 하나를 뽑아 낫으로 젓가락을 만듭
니다.

"우리 아들은 요 숟꾸락 젓꾸락으로 먹소. 아부지는 요 젓꾸락
으로 먹을랑개."

정재 씨는 정열이에게 집에서 가져온 수저와 젓가락을 건넵니다.

"뭔 반찬이 있능가 보자."

김치. 오징어 짠지. 기름에 튀긴 달걀.

정재 씨는 밥 한 술을 떠서 "고시레" 하면서 길가로 던집니다.

"요 달걀은 우리 아들 먹소."

"아부지도 먹으야 헌디."

"고럼 요만큼 아부지가 먹을랑개."

정재 씨는 달걀을 정열이 손톱만큼 떼어서 입으로 가져갑니다.

정열이는 정신없이 밥 위에 달걀을 얹어 먹습니다.

"물 한 모금 마심서 먹소."

물을 받아든 정열이는 한 모금 마십니다.

"여그서 먹응개 참 맛나부네."

"그러제."

"산에서 먹으먼 뭐든 맛있제."

"왜 근당가?"

"산이서 허는 일은 다 힘등개 맛있는 거제."

"나는 일도 안 혔는디 왜 맛있당가?"

"우리 아들도 일 많이 혔제. 아부지도 지둘렀제. 글구 저 싸리
나무 잎도 뜯고 저그 꽃도 따고 그랬응개, 일 많이 헌 거제."

"긍가."

"글고 산에 오면 산바람도 같이 먹고, 산신령님도 같이 자시고,
햇살도 같이 먹응개 맛있제."

"난 아부지랑 같이 먹응개 맛있는 개비네."

"그러제, 그러제."

정재 씨는 빈 도시락에 물을 부어 젓가락으로 붙어있는 밥풀을 떼어 마십니다. 정열이는 물병의 물을 마십니다. 정재 씨는 빈 도시락을 보자기에 쌉니다. 바람이 살랑거립니다. 햇살도 같이 살랑거립니다.

"산에 옹개 좋네. 근디 쪼매 심심혀 가꼬. 아부지랑 요렇게 야 그허먼 좋은디. 아부지는 또 일혀야제?"

"쪼매 더 베야 우리 아들 책도 사주고, 맛난 것도 사주제."

정재 씨는 하늘을 봅니다. 해가 벌써 중천을 넘었습니다.

"후딱 댕겨올랑개 쪼매만 지둘리소, 우리 아들."

정재 씨는 이번에는 산 아래로 내려갑니다.

"후딱 댕겨와, 아부지."

"잘 놀고 있으소, 우리 아들."

산 아래 오른쪽으로 들어간 정재 씨의 모습이 나무둥치 사이로 보이다 안 보이다 합니다.

"뵌다, 안 뵌다."

정열이는 정재 씨가 안 보일 때까지 정재 씨가 들어간 산속을 쳐다봅니다. 정재 씨가 보이지 않자 정열이는 바위에 앉습니다. 바위 위에 떨어져있던 밥풀을 손가락으로 튕겨냅니다. 정재 씨가 먹던 자리는 깨끗한데 정열이가 먹던 자리는 밥풀이 여기저기 떨어져 있습니다. 떨어진 밥풀을 손가락으로 다 튕겨내고는 바위에 눕습니다. 하늘이 여전히 맑습니다. 참으로 높습니다. 산 위인데도 참으로 하늘이 높습니다.

바위 위에 누워 하늘도 보고, 나무도 보고, 풀도 봅니다. 바람도 좋고, 산도 좋은데 시간은 가지 않습니다. 일어나서 책을 가지고 옵니다. 책을 읽습니다. 해는 중천을 지나 서쪽으로 조금 기울었습니다. 저 아래서 바스락거리는 소리가 들립니다. 정재 씨입니다.

"아부지!"

정재 씨는 빈손입니다.

"우리 아들, 책 읽고 있었능가?"

"싸리 못 벳당가?"

"아니제. 저 아래다 놓고 왔제. 이따 내려감섬 지고 가면 되제."

"그네."

"우리 아들, 아부지 한 번만 더 갔다 오면 안 될랑가?"

"나는 책 또 보면 됭개."

정재 씨는 물 한 모금 마시고 다시 아래로 내려갑니다. 정열이는 책을 봅니다. 다시 첫 장부터 책을 봅니다. 책 마지막 장을 넘기고 하늘을 봅니다. 해가 참 많이 서쪽으로 기울었습니다. 햇살도 힘을 잃었는지 조금 추운 듯도 합니다. 산 아래를 내려다봅니다. 정재 씨는 보이지 않습니다. 내려가 봅니다. 정재 씨는 보이지 않습니다. 다시 올라옵니다. 바위 위에 앉아 산 아래를 봅니다. 정재 씨는 보이지 않습니다. 하늘을 봅니다. 하늘은 여전히

맑습니다. 정재 씨가 베어 온 싸리나무를 봅니다. 그 아래 개미가
제 몸보다 큰 밥풀을 물고 지나갑니다. 떡갈나무 잎을 주워 개미
아래에 대다가 그냥 뺍니다. 개미가 싸리나무를 지나 산 위로 올
라갑니다.

"아, 부, 지!"

"어야!"

산 아래서 정재 씨 목소리가 들립니다.

"아부지!"

"어야!"

정재 씨 목소리 뒤로 정재 씨가 보입니다. 올라온 정재 씨는 헉
헉거리며 물을 마십니다. 온몸에 땀이 그득합니다.

"힘들제?"

"아부지야 괜않제. 우리 아들 심심했제?"

"책 봉개 안 심심혔제."

정재 씨는 작대기로 지게를 단단히 받치고 싸리나무를 싣습니
다. 도시락을 싣고, 물통도 싣습니다. 보자기도 잘 개어 싣습니
다. 손전등은 앞다리에 겁니다. 남은 새끼줄로 앞다리와 뒷다리
를 엮습니다.

"이 꽃 갖고 가면 안 될랑가?"

"되제."

정재 씨는 산국을 코로 가져갑니다. 향기롭습니다. 싸리나무

몇 가지를 위로 들어올린 후 산국을 꽂고 다시 내려놓습니다.

"인자는 우리 아들 걸어야는디, 괜않을랑가?"

"괜않제."

정열이가 앞장서서 걷고 정재 씨가 뒤에 걸어갑니다. 아장아장 느립니다. 정열이가 잔돌을 밟았는지 휘청입니다.

"우리 아들, 이 작대기 잡고 걷소."

정재 씨가 작대기를 앞으로 내밉니다. 정열이는 여린 손을 내밀어 작대기를 잡습니다. 정열이의 발걸음이 안정된 듯합니다. 대신 정재 씨의 발걸음이 가끔 휘청입니다. 생각보다 느린 발걸음입니다. 정재 씨는 하늘을 봅니다. 해가 서쪽으로 제법 많이 기울었습니다.

"우리 아들, 아부지가 안고 갈까?"

"아부지 힘들잖어."

정재 씨는 지게를 살짝 내려놓고 정열이를 한 손으로 안습니다. 작대기로 땅을 짚으며 잽싸게 내려옵니다. 해도 잽싸게 서쪽으로 내려갑니다.

"힘들제?"

"괜않여."

정열이는 정재 씨 얼굴의 땀을 손으로 닦습니다. 앞이 안 보여 휘청입니다. 정열이는 얼른 정재 씨 얼굴에서 손을 내립니다.

"우리 아들이 산에 옹개 싸리가 많아부려 갖고……."

정재 씨는 잰걸음으로 산을 내려옵니다. 해도 서쪽으로 잰걸음으로 내려갑니다. 저 아래 싸리나무 다발이 보입니다. 위에서 실은 다발보다 더 큽니다. 정재 씨는 정열이를 내려놓고 지게에 싸리나무 다발을 싣습니다. 촘촘히 다발을 묶은 후 한번 져봅니다. 제법 무겁습니다. 정열이까지 안고 가기는 무리일 것 같습니다. 서쪽 하늘이 붉게 물들었습니다. 금방 깜깜해질 것 같습니다.

"우리 아들, 아부지가 업고서 저만치 내려노면 거기서 지둘릴랑가?"

"걸어갈 수 있는디."

"늦응개 글제."

정재 씨는 정열이를 업습니다. 지게보다 훨씬 가볍습니다. 그래도 조심해서 내려갑니다.

"아부지는 왜 글케 지게질을 잘 헌대?"

"오래 혔응개 그러제."

"언제부터 혔는디?"

"우리 아들 나이 때부터 혔제. 일곱 살인가 그러그만."

"위매! 근디 그케 짝은 지게가 있었당가?"

"할아부지가 맹그러줬제."

"나는 왜 지게 안 맹그러줘?"

"우리 아들은 공부혀야제."

"아부지는 왜 공부 안 혔는디?"

"그때는 다 그랬제."

"아부지는 지게질이 공부보당 좋았당가?"

"그건 아니제."

정재 씨는 발아래 작은 공터를 봅니다.

"저그 내려줄랑개 우리 아들 저그서 아부지 지둘릴 수 있제?"

"그러제."

정재 씨는 정열이를 작은 바위 옆에다 내려놓고 얼른 뛰어 올라갑니다. 서쪽 하늘은 아직 붉은데 산 위로는 어스름이 몰려옵니다. 헉헉거리며 뛰다시피 산길을 오릅니다. 턱 아래로 땀이 뚝뚝 떨어집니다.

정열이는 바위에 기대어 정재 씨를 봅니다. 한참이 지나자 정재 씨가 보이지 않습니다. 정열이는 산 아래 노을을 봅니다. 산은 참으로 여러 모습을 가졌습니다. 어두운 산이 다르고, 아침 산이 다르고, 낮 산이 다르고, 저녁 산이 다릅니다. 낮 동안 빛나던 산이 붉은 노을에 빛납니다. 정재 씨가 오른 산 위를 바라봅니다. 살랑거리던 바람이 이제 차갑습니다. 낮 동안은 추운지 몰랐는데 제법 쌀쌀합니다. 산 위는 고요합니다. 그러다 저 멀리 지게를 진 정재 씨가 내려옵니다.

"아부지!"

"어야!"

땀범벅이 된 정재 씨가 지게를 받칩니다. 물병을 꺼내 조금 남은 물을 마십니다. 정열이를 업고 다시 내려갑니다. 조금 쌀쌀했던 몸이 정재 씨 몸에 닿자 따스해집니다.

"아부지. 물어볼 것이 있는디, 물어봐도 될랑가?"

"뭔디?"

"응, 긍개, 나는, 긍개, 아부지가 왜 할아부지여? 다른 애들은 다 아부지가 아부진디, 나는 아부지가 할아부지잖여?"

"아부지가 니를 늦게 낳았응개 글제."

"몇 살에 낳았는디?"

"마흔일곱."

"늦게 낳아서 할아부지가 됭겨?"

"그러제."

정재 씨는 잠깐 멈춰 서서 산 아래를 바라봅니다.

"할아부지라 싫응겨?"

"그건 아니지만, 그냥 그래서 글제."

"생각도 안 혔는디 우리 아들이 세상에 나와부려 갖고 얼마나 좋았다고! 누들만 있는데 우리 아들이 나와붕개 아부지가 힘이 나붓제."

"내가 좋아서 일곱 살에 학교 넣은 겨?"

"우리 아들이 워낙 똑똑혀 갖고 일곱 살에 학교 댕기는 거제."

"아부지는 일곱 살에 지게 지고, 나는 일곱 살에 학교 댕기고 그네."

"우리 아들 일곱 살에 학교 갔응개, 아부지 나이 되면 아부지 지게질보다 더 공부 잘 혀야 혀?"

"글먼, 지금도 일등인디?"

"요 쪼맨 학교서 일등 말고 큰 데서 일등해야제. 그서 아부지 원도 풀어주고 그려야제. 그럴 수 있제?"

"글먼."

"요 싸리로 바작 맹그라서 우리 아들 책 많이 사줄 꺼그만. 긍개 우리 아들은 공부 일등하소잉?"

"글제."

"저그 큰길 앞에서 내려줄 텡개 거그서 지둘리소잉."

"아부지 힘들어서 어쩐대?"

"요케 똑똑한 아들이 있는디 뭐가 힘들대."

정재 씨는 다시 내려왔던 길을 올라갑니다. 정신없이 오르다 그만 넘어집니다.

"괜않여?"

"괜않여."

정재 씨는 어둑해진 산속으로 사라졌습니다. 혼자 남은 정열이는 정재 씨가 사라진 산속을 봅니다. 어둠이 재빨리 산을 덮습니다. 길도 덮어갑니다. 정재 씨 등의 따스함이 사라져서인지 정열이는 춥습니다. 큰길을 걸어봅니다. 그래도 춥습니다. 또 걸어도 정재 씨는 나타나지 않습니다. 소리 내지 않고 아버지를 불러봅

136

니다. '아부지 빨리 와.'

한참 후에야 발소리가 들립니다. 제법 어두워진 산에서 발걸음
소리가 들립니다.

"아부지?"

"오야, 많이 지둘렸제?"

큰길에 지게를 받치고 정재 씨는 남은 물을 마십니다. 지게에
서 손전등을 꺼내 정열이에게 줍니다.

"아부지 앞에 감서 후레쉬 비출 수 있제?"

"그러제."

정열이가 잰걸음으로 앞에 걷습니다. 정재 씨가 그 뒤를 따라
갑니다. 제법 어두워진 길의 손전등 불빛이 휘청거립니다.

"너무 서둘지 말고 가, 그냥."

손전등 불빛이 또박또박 걸어갑니다. 그 뒤 정재 씨는 느리게
느리게 걸어갑니다. 한참을 그렇게 걸어갑니다.

"그냥 쬐깨만 헐 것인디."

정재 씨의 말 뒤로 어둠이 깊게 따라옵니다.

"걸을만혀?"

"걸을만혀. 근디 쪼매만 쉬면 안 될까?"

"그려."

4. 학교 가야는디

정재 씨는 지게를 내려놓습니다. 이제 어두워진 길이 손전등 불빛만큼만 환합니다. 큰길이라고 해도 집까지는 아직 만만치 않게 남았습니다. 정열이 걸음으로는 아직도 먼 길입니다. 정재 씨가 정열이를 업고 지게를 지고 가기에도 먼 길입니다. '쬐깨만 헐 것인디.' 혼자 중얼거리는 사이에도 어둠은 더 짙게 내려옵니다.

"가자잉."

손전등 불빛이 앞장서 걷습니다. 느리게 느리게 걷습니다. 어둠 속에서 손전등 불빛이 아주 느리게 앞으로 갑니다.

굽은 길가 쪽에서 손전등 불빛이 보입니다. 손전등 불빛쯤에서 소리가 들립니다.

"정열아! 아부지!"

"눈갑다."

"누!"

이쪽 손전등 불빛이 정신없이 흔들리며 앞으로 나갑니다.

"넘어지겠다."

손전등이 아래로 떨어집니다. 옷을 털며 정열이가 일어납니다. 저쪽 불빛도 정신없이 이쪽으로 다가옵니다.

"왜 이케 늦었대요. 위메, 참 많이도 졌네요."

"우리 아들이 재수가 있어갖고 요만치 혔제."

138

정재 씨가 흐뭇하게 지게를 바라봅니다. 옥금 씨도 지게를 바라봅니다.

"정열이 업혀."

옥금 씨가 정열이를 업습니다.

"왜 이케 몸이 뜨겁다냐?"

옥금 씨는 정열이를 업고 앞서갑니다. 그 뒤로 정재 씨가 지게를 지고 따라갑니다. 손전등 불빛 두 개가 정신없이 길을 걸어갑니다. 불빛 두 개가 앞서거니 뒤서거니 하면서 걸어갑니다. 손전등 불빛이 집 안으로 쑥 들어갑니다.

"애기를 델꼬 갔으먼 후딱 와야제라."

"후딱 온다고 혔는디 그러네."

"씻고 저녁 잡숫쇼."

호롱불 아래 수저 네 개가 정신없이 왔다갔다 합니다.

"산속 아침이 이쁘덩가?"

"응. 많이 많이 이뻤제."

"아부지 말은 잘 듣고?"

"그제. 아부지, 말 잘 들었제?"

"응, 말 잘 들었그만."

"정열아! 후딱 인나야 학교 가제."

방 안은 조용합니다. 다시 불러도 조용합니다. 귀례 씨가 방 안으로 들어갑니다.

"인나야제?"

눈을 뜬 정열이가 귀례 씨를 봅니다.

"근디 몸이 안 인나져."

귀례 씨가 정열이의 이마를 짚어봅니다.

"몸이 불덩이네. 저놈의 영감, 애를 산에 델꼬 갔으면 후딱 왔어야제."

문보다 먼저 나간 귀례 씨 말이 쇠죽을 쑤던 정재 씨 귀로 들어갑니다.

"열이 많응가?"

"어이구, 저놈의 영감."

"지도 산에서 큰일 하고 와서 그런갑네. 오늘 하루는 학교 못가고 집에서 쉬어야 헐랑갑다."

"학교 가야는디. 공부 많이 혀야 아부지 원 푸는디."

그러면서도 정열이의 눈은 감깁니다. 감긴 눈으로 시커멓던 산이 낳은 아침이 왔다갔다 합니다.

"학교 가야는디……."

이것 또한 지나가리라 1

　당신은 지금 위봉사에 있고, 나는 그 위봉사에 있는 당신 아픔 속에 있어요. 별빛이 아름답다고 했나요. 가을 풀벌레 소리가 들린다고 했나요. 아니 너무 고요하다고 했나요. 나오라고 했나요. 같이 있자고 했던가요.

　당신이 위봉사 하고 내 귀를 간질였을 때, 아! 위봉사 하고 내가 한숨처럼 소리 죽여 내뱉었을 때 이미 난 움직일 수가 없었어요. 당신은 그 뒤로도 많은 말씀을 하신 것 같은데 난 계속 위봉사만 맴돌았어요. 풀벌레 소리가 별빛 같아 고요하다는 그곳에 같이 있게 나오라고 했던가요. 위봉사로 오라 했나요. 위봉사로 오라 했던가요. 그 위봉사로 말이에요.

　당신을 생각해 봐요. 속내를 알 수 없는 사람. 그림자 같은 사람. 그림자처럼 그냥 내 옆으로 다가온 사람. 처음 당신을 보았을 때 당신은 검은 양복을 입고 있었어요. 아니 당신을 떠올리면 검은 양복만 떠올라요. 그래서 그림자라는 건 아니지만 왜 당신을 생각하면 그것만 떠오를까요. 처음 당신을 보았을 때, 저를 보고도 한참이나 말없이 그냥 그렇게 서 있었지요. 이정민 씨? 아, 네. 당신은 왜 처음 나를 만날 때 찻집에서 만나자고 했나요. 대체로 사람들은 집에서 보자고 하는데. 처음부터 어머니를 보여주시기가 그래서 그러셨나요. 그래서 녹차를 두 잔째 말없이 그냥 마셨던가요. 얼마나 될지는 모르겠습니다. 도와주신다니 고맙습니다. 아, 네. 내일 집으로 오시면 됩니다. 제가 할 일은 무엇인가요. 그냥 어머니하고 같이 계시면 됩니다. 어머니께서 말씀하시겠지요. 그래도 제가 무엇을 해야 할지……. 차 맛이 참 좋네요. 햇차라 그런가요. 화개에 가보셨나요.

그래요. 화개. 꽃이 활짝 핀다는 화개. 사랑하면 누구나 활짝 핀 꽃이 된다는 화개. 화개에 갔었지요. 같이요. 그날은 중간고사라고 빨리 왔죠. 둘째 누님이 오셨던가요. 당신이 불렀는지 그냥 왔는지 모르지만 당신보다 조금 먼저 당신의 누나가 왔죠. 누나 왔어? 누나를 뒤로하고 어머니 방으로 들어가셨지요. 다녀왔습니다. 아마 당신 어머니께서 환하게 웃으셨겠죠. 당신 앞에서는 마냥 맑은 웃음을 한없이 보이셨으니까요. 그리고 언제나 당신만 기다리고 계셨으니까요. 누나 언제 가? 오늘 여기서 자고 갈란다. 그럼 나 나갔다 와도 되겠네. 편히 놀다 와. 늦어도 되지?

저랑 차 한잔 하실래요? 아, 네. 그랬어요. 저는 당신과 처음 만났던 교동찻집으로 가는 줄 알았어요. 당신과 저를 태운 차는 시내를 벗어났지요. 가는 길에 소나기가 제법 많이 내렸지요. 섬진강 금빛 물결은 못 보겠네요. 굽이쳐 흐르는 물줄기에 햇살이 담겨 빛나는 강물은 곱지요. 곡성쯤 다다르자 당신이 무심히 혼잣말처럼 던진 말이었지요. 그 말이 1시간 넘게 달려오는 동안 이야기의 전부였지요. 전 차창 밖으로 내리는 빗줄기만 줄곧 보고 있었지요. 아! 그렇구나. 이 빗줄기가 모여 강을 이루는구나. 난 그건 생각하지 못했어요. 이 작은 빗줄기가 모여 강을 이루고 바다가 되는구나. 이런 생각은 안 하고 살았어요. 지금 생각해 보면 그때까지 난 이렇게 한 줄기 빗줄기만 생각하는데, 당신은 모여 흐르는 강을 생각하며 살았던 것 같아요. 모여 이루는 강물이 삶이라는 걸 이제는 생각해요. 왜 당신이 섬진강에 집착하는지 이제는 알 것 같아요. 왜 당신이 제게 어머니를 맡기면서 그리 슬퍼했는지 이젠 알 것 같아요. 그리고 당신이 왜 강물이 흙탕물인 것에 민감해 하셨는지 이제 조금은 알 것 같아요.

곡성을 지나 다리를 건너고 당신이 그리 보고 싶어 하시던 섬진강물을 보았지요. 섬진강이 보였을 때는 하늘은 잔뜩 구름만 끼고 비는 멎었지요. 그렇지만 이미 섬진강물은 흙탕물이었지요. 흙탕물. 제법 물결이 출렁거렸어요. 푸른 물이 아니라 흙탕물이 출렁거렸지요. 난 그 물빛이 좋았어요. 밑이 보이지 않는 그 강물이 묘하게도 좋았어요. 당신은 운전하시면서도 가끔 섬진강 자락으로 눈을 두었지요. 당신의 눈과 그 흙탕물의 섬진강을 보면서 참 잘 어울린다는 생각을 했어요. 물빛이 꼭 속을 들여다볼 수 없는 당신의 눈빛 같다는 생각을 하면서 그 강물을 보았지요. 압록을 지나 쉬면서, 당신은 담배를 피우러 나갔지요. 섬진강 물줄기를 바라보는 당신의 어깨가 좁다는 걸 그때 보았지요. 왜소한 어깨. 전 당신의 좁은 어깨 너머 섬진강을 바라보다 밖으로 나왔지요. 당신 그때 울었나요. 는개 때문이라 생각했는데. 당신의 젖은 얼굴이 는개 때문이라 생각했는데. 울었나요. 마음속으로 내내 울었나요. 흙탕물이 되어버린 섬진강 같은 당신 가정을 담배 연기에 흩날리면서.

구례를 지나, 정확하게 말하면 간전이지요. 구례역에서 간전까지는 섬진강을 볼 수 없었지요. 내내 말없이 왔지요. 구례역에서 섬진강이 없어지자 전 이정표만 보고 왔어요. 처음에는 빗줄기를, 그다음에는 강줄기를, 그리고 이정표를 봤어요. 동그라미 속에 17이 쓰여 있는 그 파란색의 이정표. 17. 이정표에 쓰여 있는 17이라는 숫자를 봤어요. 17살, 17평, 이팔청춘보다는 하나가 많고 욕보다는 하나가 적은 숫자. 젊기에는 너무 많은 수. 욕되지 않으려는 수. 모여 살기에는 작은 수. 숫자에서 벗어나 당신을 보았을 때 다시 이정표가 보였지요. 이번에는 내구, 화엄사, 천은사. 화엄사 가는 길을 왼쪽으로 두고 당신은 오른쪽 길로 접어들었어요. 당신 쪽으로 보이는 산이 지리산이구나. 저쯤이 노고단일까. 물어보고 싶었지만 당신의 눈을 보면 물을 수가 없었어요. 아니 그 침묵을 깨트릴 수가 없었어요. 하지만 두 시간 넘게 달렸는데도 그 침묵이 불편하지는 않았어요. 둘밖에 없는 공간에 쌓인 그 침묵이 왜 불편하지 않았을까요. 아침저녁으로 당신과 교대하면서 익숙해진 침묵 때문이었나요. 그랬나요. 어떤 사람과 친한지 안 친한지를 알려면 침묵 속에 10분만 있어보면 된대요. 그 시간을 견딜 수 있으면 친한 거고 아니면 안 친한 거고. 난 당신과 그리 친하지도 않았는데 왜 그 침묵 속에서 여러 생각을 편하게 할 수 있었을까요. 왜 그 침묵이 편했을까요.

그러다 거짓말처럼 다시 섬진강이 나타났지요. 곡성 강물하고 구례 강물하고는 다르지요. 예, 예. 전 처음에는 곡성에서 구례로 흐르는 강물하고 구례에서 화개로 흐르는 강물이 다르다는 줄 알았어요. 다시 강물로 눈을 돌렸지요. 이번에는 제가 앉아있는 쪽으로 강물이 흘렀지요. 다시 시작된 강물을 보았어요. 달랐어요. 분명 달랐어요. 느낌이 달랐지요. 강줄기가 아니라 느낌이 다르다고요. 비가 그쳐 물빛이 조금 달라져서만은 아니라는 걸 알았어요. 곡성쯤에서 만난 강물하고 구례에서 다시 만난 강물은 분명 달랐어요. 위봉사에 함께 다녀오기 전의 당신하고 다녀온 후의 당신처럼요.

곡성에서 섬진강 자락을 보면 건장한 남자가 떠올라요. 흘러오다 압록쯤에서부터 변하기 시작하죠. 그러다 다시 이곳에서 만나면 이제 성숙한 여자가 되어 흐르지요. 아, 네. 제가 아까 멈췄던 그곳쯤에서 가끔 쉽니다. 당신은 고개를 돌려 강물을 보았지요.

차가 위태할 만큼 오래. 그리고는 뭐라고 중얼거렸지요. 저에게
했던 이야기는 아니었지요. 그냥 중얼거렸어요. 저는 그쯤에서
달리다 멈춘 것 같아요. 더 흐르지 못하구요. 제 강물은 그쯤에다
두고 몸만 옵니다. 언젠가 제 강물도 이곳까지 흐르겠지요. 혼잣
말이었지요. 당신은 언제나 혼자였으니까요. 원래는 없어지고 남
은 그림자였으니까요. 그림자 곁에 또 다른 그림자가 당신의 중
얼거림을 들은 거였지요.

화개 찻집에서도 중얼거림은 계속되었지요. 찻집 이름이 녹향
이었던가요. 제가 가는 찻집으로 갈게요. 아, 네. 차가 많은 게 아
니라 찻잔이 많았어요. 오랜만이네요. 키만큼이나 목소리 톤이
높은 여자였지요. 그 여자하고 눈인사를 나눴지요. 우전으로 주
세요. 쌍계사로 들어가는 다리 쪽으로 자리를 잡으며 당신이 말
했지요. 우려주시겠어요. 당신이 우려준 차도 맛있었는데. 첫날
당신과 만난 찻집에서 마신 그 차 맛은 당신과 헤어지고 집으로
갈 때까지도 여운처럼 남아있었어요. 밍밍한 첫맛이 시간이 지날
수록 달아지는 그 차 맛. 그 여자가 앉았지요. 다관을 데우고, 찻
잔을 데우고, 차를 넣고, 차를 따르고. 당신은 앞에 놓인 잔을 코
로 가져갔어요. 좋네요. 한 모금 살짝 입안으로 흘려 넣고, 삼키
지 않은 채 정말 한참 동안이나 머금었어요. 다시 한 모금. 그리
고 다시 한 모금. 제게 물었지요. 괜찮아요? 아, 네. 웃었어요. 저
를 보고 웃었어요. 당신 어머니께만 흘리던 웃음을 제게도 흘렸

지요. 그 묘한 웃음. 차 맛이 좋아서였나요. 아니면 이리 떠나온 자유로움이었나요. 아니면……. 세 잔째 차를 따르고는 그 여자는 자기 자리로 돌아갔어요. 차 맛은 부드럽다고 해야 되지요. 그런데 저는 강하지 못하다는 생각이 들었어요. 차 맛은 부드러운 게 아니라 강하지 못하다. 그냥 이렇게 차 한잔 마시고 돌아가곤 하지요. 가자는 이야기인 줄 알았어요. 제가 먼저 일어날 뻔했어요. 당신은 그냥 앉아있었어요. 이만큼만 여유가 있었으면 해요, 사는 일이. 쌍계사 마애불을 안 보고 그냥 가도, 불일폭포를 안 보고 그냥 가도 그냥 이만큼만. 당신은 일어나지 않고 네 잔째 차를 끓였지요. 너무 늦나요? 괜찮아요. 고맙습니다. 늦게 가도 괜찮다고 해서라 생각했지요. 당신 눈을 보지 않았으면 말이죠. 아! 당신 어머니요.

그래요 당신 어머니. 전 당신 어머니의 호스피스였지요. 처음 당신 집 초인종을 눌렀지요. 오셨습니까. 당신은 벌써 검은 양복을 입고 있었어요. 어머니 방으로 들어가셨어요. 어머니, 어머니랑 같이 놀 사람. 웃으셨지요. 어머니랑 같이 있으면 당신은 항상 웃으셨지요. 소리 없이 항상. 안녕하세요. 어머니, 저 다녀오겠습니다. 어머니께서도 웃으셨지요. 몸은 많이 닳으셨는데 웃음은 닳지 않으셨어요. 웃음이 참 고왔어요. 저는 가보겠습니다. 당신은 가방을 메고 나갔어요. 문을 잠그려는데 당신이 다시 들어왔어요. 따분하실지 몰라요. 저 방 안에 있는 책들 보면서 지내세요. 저 컴퓨터도 하면서 지내세요. 아, 네.

당신 집에 이제 당신 어머니와 저 둘뿐이었지요. 아픈 한 사람과 그 한 사람을 돌보러 온 사람. 퀴블러 로스의 죽음의 5단계를 생각했어요. 부정. 분노. 타협. 우울. 수용. 당신 어머니의 상태를 생각했어요. 그리고 내가 할 일을. 당신 어머니 방으로 들어갔지요. 식사는 하셨어요? 당신 어머니께서 눈을 끔벅거렸어요. 주물러드릴까요? 눈을 흔드셨지요. 손으로 밖을 가리켰어요. 밖으로 모셔다드려요? 이번에는 고개를 흔드셨지요. 나가서 쉐요. 당신 어머니께서 말씀을 못하시는 줄 알았어요. 괜찮아요. 다시 손으로 밖을 가리키셨지요. 네. 밖으로 나왔지요.

개수대에 아직 마르지 않은 물기가 있었지요. 마르지 않은 것은 아파요. 바닥에도 물기가 떨어져 있었어요. 떨어져서 마르지 않은 것은 더 아파요. 베란다 창문을 열었어요. 아침 바람은 선선하기도 하지요. 해도 참 곱구요. 베란다에 제법 큰 로즈마리가 있었어요. 로즈마리. 흔들려야, 만져야 그 향을 나누는 식물. 손으로 쓰다듬어 냄새를 맡았지요. 당신 집 창밖 풍경이 좋았어요. 삼천이 흐르고, 그 강줄기 주변으로는 이제 갓 심은 모들이 새로 튼 곳에서 자리를 잡으며 흔들거렸지요. 그 강줄기가 희미해지는 그쯤에 고개를 들면 모악산이 버티고 서 있지요. 향기와 풍경에 빠져 있었던 것 같아요. 내 할 일도 잊고. 첫날부터.

풍경 속에 있다가 어떤 소리에 놀라 눈과 귀가 빠져나왔지요.

그래요, 당신 어머니. 당신 어머니께서 방 밖으로 나오고 계셨어요. 기어서. 할머니. 잠시 멈춰 저를 바라보았지요. 그리고는 다시 기어가려고 했어요. 뭐 하시려구요? 날갯죽지를 잡아 일으켜 세웠어요. 손으로 화장실을 가리켰지요. 화장실요? 고개를 끄덕이셨어요. 부르시지 그랬어요. 배시시 웃으셨지요. 화장실에 앉혀드렸어요. 첫 일이었죠. 당신 어머니께 한 첫 일. 온종일 그 일만 했어요. 화장실 모셔다드리고 모셔 오고.

  아! 그래요. 먹는 것도 없이 싸는 일은 왜 그리 슬픈가요. 빈 것을 빼내는 일은 왜 그리 슬픈가요. 나오지도 않는 똥인지, 오줌인지를 싸는 일. 당신 어머니의 힘겨운 힘쓰는 소리가 들려요. 조금 있으면 비데 물소리. 일어나려고 안간힘 쓰는 소리. 어느 때는 비데 소리가 먼저 들리기도 하지만 당신 어머니의 오줌똥 싸는 소리는 그 많은 화장실 출입 중 한두 번이죠. 드시는 게 없으니 나올 게 없어요. 기어 나오시고, 일으켜 세우고. 당신 어머니 방에서 앉아있다가 당신 어머니께서 움직이시면 화장실로 모셔 오고. 화장실 앞에서 쪼그리고 앉아 기다리다, 다시 방으로 모시고 들어가고. 점심이 훨씬 지난 시간에야 당신 어머니께서 아무것도 안 드셨다는 사실을 알았죠. 뭐 드릴까요? 다안무울 하앙개 가앗다 주우쇼. 처음엔 무엇을 달라시는지 몰랐어요. 당신 집 냉장고를 열었을 때 알았어요. 단물. 불가리스, 위력, 리쪼, 꼬모……. 아주 느리게 불가리스 한 병을 다 드셨지요. 손으로 저도 하나 먹으라고 말씀하셨어요. 웃으시면서. 조금 주물러드리면 눈을 감으셨어요. 그러다 다시 화장실 가시고. 다시 주무시고. 주무시는 것 같아 밖으로 나오면 다시 화장실로 기어 나오시곤 했지요. 제가 가지고 갔던 노트에 변비라고 썼죠. 심한 변비. 관장이 필요함.

화장실을 오가는 그 단순한 일에 완전히 힘이 빠져있을 때 당신이 들어왔죠. 다녀왔습니다. 크고 우렁찬 소리였어요. 제가 있다는 걸 안 뒤 수줍게 웃으며 어머니 방으로 들어갔죠. 다녀왔습니다. 어머니의 고운 웃음이 보였어요. 옷 갈아입고 올게요. 당신 어머니께선 또 웃음을 보이셨죠. 고맙습니다. 이제 가셔도 돼요. 아, 네. 할머니 내일 올게요. 당신 어머니께서 웃으셨어요. 가라고 손짓을 하셨어요. 웃으시면서. 당신은 추리닝으로 갈아입고 나오셨죠. 왜 그 모습이 이제 막 마지막 경기를 시작하려는 운동선수로 보였죠. 마지막 링에 오르는 권투선수로요. 고맙습니다. 아, 네. 그게 첫날이었죠. 제가 가지고 있던 그 알량한 지식으로는 미처 이해하지 못한 그 하루. 그 하루가 계속되었어요. 당신의 웃음. 당신 어머니의 웃음. 그리고 끝없는 화장실행. 관장이 필요하다는 그 노트에 당신은 제가 일주일에 한 번쯤은 합니다. 고맙습니다. 그렇게 썼던가요. 그리고, 화장실에 좀 기어가셔도 그냥 눈 감고 기다리시라고요. 단물도 익숙해지고 화장실 가는 당신 어머니도 익숙해졌어요. 일상이었으니까요. 그게 어머니께는 일상이었으니까요. 그래요. 일상.

일상이 된다는 것은 어떤 의미일까요. 제가 가지고 갔던 그 노트. 간호 일지라고 해야 하나요. 변비로 시작했던 그 노트. 오늘 드신 것. 불가리스 두 개, 리쯔 한 개, 꼬모 한 개, 죽 다섯 숟갈. 거실로 나가 햇볕을 쬐심. 여전히 화장실에 자주 가심. 저하고 조금 이야기하심. 당신은 제 글씨 아래 주로 고맙다고 쓰셨죠. 어머니께서 좋아하십니다. 고맙습니다. 목욕했습니다. 관장했습니다. 약은 텔레비전 앞에 있습니다. 죽은 냉장고 둘째 칸에 있습니다. 고맙습니다. 그러시다 점심 식사는 꼭 하세요. 제게 하신 말씀이셨죠. 점심 식사 잘 했습니다. 당신이 해놓은 밥을 제가 먹었죠. 그리고 제가 해놓은 밥을 당신이 드셨죠. 이렇게 일상이 된 건가요. 저도 저녁 잘 먹었습니다. 책도 보시고, 텔레비전도 보시고, 컴퓨터도 하면서 지내세요. 어머니처럼 하루가 길어질까 봐 걱정입니다.

하루가 길다는 건 죽음보다 힘들어요. 제게도 하루가 너무 긴 날들이 있었어요. 떠오른 해가 다시 붉은빛을 토하며 넘어갈 때까지, 넘어갔던 해가 다시 붉게 떠오를 때까지. 너무 긴 날들이 제게도 있었어요. 당신 어머니와 함께 보내는 하루는 길지 않아요. 당신 어머니께는 길겠죠. 그 긴 하루를 저와 당신이 조금씩 나눠 가지는 건가요. 죽음까지 가는 그 긴 하루들을 조금씩 나눠 가지는 건가요. 그게 제가 해야 할 일이었죠. 그게 남은 우리가 해야 할 일이었죠.

그런데 나누는 일은 그리 쉽지 않아요. 그게 언제까지일지 모를 때는 더 그렇죠. 저야 어느 순간 끝낼 수도 있는 나눔이지만 당신은 언제까지일지 알 수가 없죠. 끝이 없는 일. 제가 그렇게 썼을 거예요. 이것 또한 지나가리라. 제 하루가 너무 길 때 무심코 잡은 어느 책에서 보게 된 구절이었죠. 이것 또한 지나가리라. 삶의 한 뿌리를 놓아야만 했던 그 시절. 저를 견디게 해준 그 말. 이것 또한 지나가리라. 당신은 공책 한쪽을 이 말로만 채워놨어요. 이것 또한 지나가리라. 이것 또한 지나가리라. 이것 또한 지나가리라. 지나가지 않을 일은 없으리라. 모든 것이 다 지나가리라. 지나가리라.

제가 이야기해 볼까요. 당신 어머니의 육체적 고통도 지나가리라. 당신의 정신적 고통도 지나가리라. 당신이 당신 아내와 함께 어머니의 고통과 죽음을 나누지 못한 아픔도 지나가리라. 당신 어머니 때문에 당신과 당신 아내가 함께하지 못해 입을 다무신 당신 어머니의 아픔도 지나가리라. 그리고 당신과 함께 아픔을 나누지 못한 당신 아내의 아픔도 지나가리라. 그래요. 지나가지 못할 것 같은 그 많은 날들도, 삶들도 다 지나가리라. 당신이 보여준 그 강물처럼 흘러서 다 지나가리라. 이것 또한 지나가리라.

이제 무엇이 지나가고 무엇이 남았는가요. 흘려보낸 것은 무엇이고 남아있는 것은 무엇인가요. 남아있는 그 별빛 같은 것은 무엇인가요. 위봉사 그 별빛. 그 별빛이 아니었으면 제 속에서 당신을 다 흘려보냈겠지요. 지나갔겠지요. 어머니께서 이제 다시 조금씩 이야기를 하십니다. 고맙습니다. 저도 이제 별을 볼만한 여유가 생기네요. 같이 별 보러 가실래요. 햇살도 거세져 낮에는 선풍기 바람이 필요한 그때쯤이었던가요. 당신 집 앞으로 보이던 그 들판에 자리 잡은 모들이 새로 옮긴 자리에 뿌리를 내리고 살랑살랑 흔들어대던 그때쯤에 당신은 별을 보러 가자고 했지요. 저도 제 달라진 삶에 몸살 앓던 그때쯤이었지요. 살면서 별을 볼일이 없었어요. 도시여서가 아니라 고개 들고 살기에는 제 삶이 팍팍해서요. 별을 보러 가자는 그 말이 참 생소했지요. 그런데 그말이 참 좋았어요. 별 보러 가자. 내 삶에서도 별을 볼 일이 생기는구나. 좋아요. 그날도 당신 누나를 당신 대신에 불렀지요. 누나나 늦어.

　달리는 차 안에서 당신이 그랬죠. 같이 별을 볼 사람이 있어서 좋다고요. 제가 아니었어도 상관없었겠지요. 저도 그런 건 상관없었어요. 제 삶에서 별을 볼 일이 생겼다는 사실이 저를 두근거리게 했으니까요. 화개행은 침묵과 중얼거림의 떠남이었다면 위봉사는 소리의 떠남이었어요. 전주 부근에서는 위봉사가 별을 보는 가장 좋은 곳이래요. 당신은 좀 들떠 있었어요. 알퐁스 도데의 〈별〉에 대한 이야기도 나눴지요. 직접 밤하늘을 본다는 것이 얼마나 소중한지도 이야기했지요. 신윤복의 〈월하정인〉이라는 그림 이야기도 했지요. 초승달이 그려져 있는데 어떤 사람의 설명에는 그믐달로 되어있다고. 초승달과 그믐달 구별하는 이야기도 했지요. 초승달은 ㄱ처럼 생겼고, 그믐달은 ㄴ처럼 생겼다고요. ㄱ이 앞이니 초승달이라고요. 그렇게도 구별할 수 있구나 생각했지요. ㄱ, ㄴ. 둘 중의 하나는 밤하늘을 보지 않고 그렸거나 썼을 거라고요. 삶에서 가장 소중한 것은 체험이라고요. 겪어보지 않으면 알 수 없는 것이 너무나 많다고. 별들도 그렇다고요. 내 눈으로, 마음으로 본 별만이 내 별이라고 했던가요. 내 별을 봐야 하는데 별자리를 보려고만 하니까 진짜 별은 못 보는 거라 했던가요. 망원경으로 보는 별들도 아름답지만 자기 눈으로 쏟아지는 별을 다 받아내는 게 더 아름답다고 했나요. 그리고 마음으로 별을 보면 별똥별이 지상으로 내려오는 것을 볼 수 있다고도 했나요. 말 많은 당신을 보는 게 즐거웠어요. 저 사람 웃기만 하는 사람이 아니라 말도 잘 하는 사람이라고 차 안에서 혼자 생각했어요.

위봉사에 도착했을 때 당신 후배들이 망원경을 설치하고 별을 보고 있었어요. 제때 왔네. 당신은 어둠 속에서도 다시 웃음으로 대답했지요. 누구? 다시 웃음을 흘렸지요. 당신 후배 중 누군가가 제게 망원경으로 별을 보여줬어요. 당신도 누군가의 망원경으로 별을 보았지요. 그러다 일주문 계단에 앉았어요. 어둠뿐인 그곳에 당신의 담뱃불이 반딧불이처럼 빛났어요. 깊숙이 빨면 당신의 쏙 들어간 턱이 보였지요. 어둠 속에서는 그 작은 담뱃불도 빛나 보였어요. 고단한 삶에 이 작은 별 보기도 행복의 큰 빛이 되는 것처럼요.

제가 당신 옆으로 갔죠. 당신이 앉아있는 그 계단에 저도 앉았죠. 별이 참 곱죠. 밝은 게 아니라, 아름다운 게 아니라, 빛나는 게 아니라 곱다고 했어요. 곱다. 왜 그 말이 그리 예뻤을까요. 곱다. 망원경으로 보면 너무 밝아요. 별은 저 거리에서 저만한 밝기로 빛나는데 사람들은 당겨서 보려고 해요. 가깝게 보면 고울 것 같은데 절대 그렇지 않아요. 제 거리를 유지할 때, 제 밝기를 유지할 때가 가장 고와요. 흔적처럼 남은 저 별들 곱지요. 그래요. 고왔어요. 여름으로 가는 그 선선한 늦은 봄바람에 별은 너무 고왔어요. 사람도 그래요. 가까이 있으면 좋을 것 같은데 그렇지 않아요. 한참이나 당신과 저 사이를 바람이 지나갔지요. 모기도 제법 살을 물고 지나갔구요. 당신 후배들이 망원경을 다 챙길 때까지 그렇게 앉아있었지요. 먼저 갈게요. 손을 흔들었어요. 당신 후배들 차 불빛 속에 먼지들이 가득 맴돌다 다시 제 자리를 잡을 때까지 그렇게 앉아 있었지요. 별을 보면서요.

당신은 담배를 하나 더 꺼내 물었어요. 별 속에서 무엇을 봤나요. 제게 물었지요. 아, 네. 당신이 대답했어요. 별들을 보면서 제 세상을 봐요. 제가 하나씩 올려 보냈던 세상을 다 봐요. 어머니의 젊은 날도 보구요. 이제는 안 계신 싸리꽃 같으시던 아버지도 보구요. 못 배우셔서, 너무 가난하셔서 천하게만 사셨던 우리 어머니, 아버지의 젊은 날들을 봐요. 그것 때문에 너무 아팠던 제 모습도 보구요.

당신 이야기를 했지요. 그런 당신 모습이 지고 있는 찔레꽃 같았어요. 마흔이 넘어 당신을 낳았다고 했지요. 딸들만 있는 집에 당신은 별처럼 곱게 자랐다고 했지요. 당신을 가르치기 위해 공부 잘한 막내 누나를 가르치지 않았다고 했던가요. 당신을 가르치기 위해 당신 아버지는 새벽에 싸리나무를 베어 와 하루 종일 바지게를 만들었다고 했던가요. 당신 어머니는 베를 짜고요. 그렇게 대학에 들어갔는데 어느 날 당신을 잡으러 왔다고 했던가요. 당신을 고문했던 그 형사도 저 별 속에 있다고 했던가요. 그 때쯤에 아버지의 눈물을 보았다고 했지요. 아버지 같은 사람이 행복하게 사는 세상을 만들려다가 당신 아버지, 어머니의 눈물을 보았다고 했지요. 그래도 그때는 행복했다고 했지요. 아름다운 세상을 만들고 싶은 세상이 저 별 속에 있었으니까요. 그런데 지금은……. 당신은 또다시 담배를 꺼내 물었지요. 당신의 담배 연기가 별들에게 다가갈 때까지 아무 말도 없었지요. 저 멀리서 개구리 울음소리가 들렸어요. 당신도 그때 울고 계셨나요.

시간은 어둠 속으로, 침묵 속으로 흘러가고 있었지요. 가지요. 그러고도 한동안 일어서지 못했지요. 별들을 보며 말했지요. 이제 흘러간 사랑도 저 별 속에 묻어야지요. 그러면서 일어났지요. 당신 집에서 두 달을 지내면서도 한 번도 보지 못한 사람. 당신 아내 이야기였지요. 한때는 목숨 같았을 사람. 시들어가는 한 목숨 때문에 헤어져야 했던 사람. 차로 갔지요. 가면서 담배를 또 하나 꺼내 물며 말했지요. 고왔던 사람. 당신 아내 이야기였지요. 고왔던 사람이라고요. 고왔던 사람. 왜 이렇게 과거형이 된 사람은 슬픈가요. 저도 이제 누군가에게 고왔던 사람이 되고 있지요. 고운 사람이 아니라 고왔던 사람. 세상을 모두 얻은 것 같던 시절이 지나고 세상을 모두 잃은 것 같은 시절이 되면 이렇게 과거형이 되나요. 당신 아내와 같이 저도 그 누구에게는 고왔던 사람이지요.

그 뒤로 가끔 위봉사에 갔지요. 당신 누나가 오는 날, 별을 볼 수 있는 날이면. 저도 이야기를 했지요. 제 이야기를요. 그럴 때면 별은 내내 우리 머리 위에서 빛나고 있었어요. 어두워질수록 더 환하게. 힘들수록 희망은 더 가까운 건가요. 아파서 뱉어내지 못했던 이야기를. 당신의 눈길을 느꼈지요. 아픈 사람이 보내는 따뜻한 눈길을. 그래요. 누구하고도 나눌 수 없었던 이야기에 당신은 대나무 숲이 되어 주었죠. 제 머리 위에 빛나는 별빛이 되어 주었죠. 저도 당신에게 대나무 숲이, 별빛이 되었나요.

당신은 또 당신의 이야기를 했지요. 3년 동안 치매를 앓다 돌아가신 당신 아버지 이야기. 그때는 아름다웠다고. 아픔을 나눌 수 있는 사람이 어머니도 계셨고, 아내도 있었다고. 아픔은 나눌 수만 있다면 힘들지 않은 거라고. 젊은 날, 그 열정 속에서 배운 게 그거라고. 나누는 것이 얼마나 아름다운 건지 그때는 몰랐지만,

그 시간들을 지나며 알게 되었다고. 아픔 때문에 삭막해진 마음은 서로 그 아픔을 쓰다듬어 주며 치유하는 것을 그때 알았다고. 그래서 행복했다고.

당신 이야기를 들으면서 당신의 아픔이 뭔지 알 것 같았어요. 아픔을 나눌 수 없는 아픔. 나누지 못하는 아픔. 그리고 제가 왜 아픈지도. 제 아픔을 보았어요. 제 마음의 별을 보았어요. 하늘로 올려 보내야 할 제 마음의 아픔을 알았어요. 그때 별똥별이 땅으로 내려왔지요. 나는 당신 아프지 말라고, 당신이 이제 그만 아팠으면 좋겠다고 빌었어요. 당신의 아픔을 함께 나누면 제 아픔도 없어질 것 같았어요. 길게 산 너머로 별똥별이 내려앉을 때까지. 그리고 내 마음속에 수많은 별똥별이 떨어지는 동안 내내. 당신이 아프지 말라고 빌었어요.

아프지 말아요. 아픔이 얼마나 무서운지 알아요. 당신이 더 이상 아프지 않았으면 좋겠어요. 아픔의 생채기로 당신이 삭막해지지 않았으면 좋겠어요. 당신 어머니의 아픔으로 당신이 더 이상 아프지 않았으면 좋겠어요.

위봉사의 별들을 보면서 당신을 알았어요. 당신이 당신에 대해 이야기해서 당신을 안 게 아니에요. 당신 이야기를 들어서 당신을 안 게 아니에요. 당신과 그 별빛들 속에서 같이 녹아있어 당신을 안 게 아니에요. 당신의 이야기에서 당신을 안 게 아니었어요. 당신에 대해 알아달라고 당신이 제게 당신 이야기를 한 것이 아

닌 것처럼 당신 이야기로 당신을 안 게 아니에요. 내가 그냥 당신
·을 알게 된 거죠. 별이 그냥 거기에 있는 것처럼 곱게 당신이 그
냥 내게 들어와 있었어요. 당신과 같이 앉아있던 위봉사 일주문
앞 계단에서 당신은 그냥 내 자리로 들어왔어요.

　그다음 날부터 당신 어머니 몸을 제가 씻겼지요. 당신이 울면
서 씻겼을 그 몸을 제가 씻겼지요. 당신 아내가 씻기지 못했던
몸. 말라비틀어진 몸. 움직이지 못하는 몸. 움직이지 않는 몸. 당
신 어머니를 제가 씻겼지요. 당신 어머니께서 화장실에 앉아계
실 때 욕조에 물을 받았어요. 당신 어머니께서 조용히 쳐다보셨
어요. 씻으시게요. 웃으셨죠. 욕조에 잘 앉지도 못하셨죠. 당신은
어떻게 어머니를 씻겨드렸나요. 눈물이 났어요. 저렇게 저렇게
늙어가는 거구나. 저렇게 저렇게 죽어가는 거구나. 제 손에 의지
한 몸이 너무 가벼웠어요. 물속이라서만은 아닐 거예요. 삶의 욕
심을 버린 몸은 이리 가볍구나. 시원하세요? 웃으셨죠. 뼈와 피부
로만 이뤄진 당신 어머니의 몸. 어쩌면 당신에게 다 주고 빈 껍데
기만 남은 당신 어머니의 몸. 그래서 더 아픈가요. 아직도 당신을
위해 닳지 않은 웃음만 남겨놓은 당신 어머니의 몸. 그래서 더 아
픈가요. 당신이 만들어놓은 의자에 앉혀 감겨드리고 밀어드렸어
요. 그리고 젖은 물기를 닦았죠. 삶의 마지막을 내어놓듯 닦을 때
마다 피부 부스러기가 떨어져 나왔어요. 닦아도 닦아도. 닦을 때
마다 더. 그게 당신 어머니 삶의 아픈 부스러기처럼 느껴졌어요.

이렇게 사랑으로 닦아내야 떨어지는 삶의 아픈 부스러기. 다 씻겨드려야 당신의 아픔이, 제 아픔이 없어질 것 같아 참 오래 씻겨드렸어요. 내가 나눌 수 있는 당신의 아픔이었지요. 당신 어머니께서 돌아가실 때까지.

지금도 미안해요. 제가 너무 늦게 연락드렸지요. 당신 어머니께서는 너무 편히 누워계셨어요. 다른 날보다 화장실도 훨씬 덜 갔구요. 씻겨달라 하셨어요. 씻겨드리니까 농을 쳐다보셨어요. 새 옷 입혀드릴까요. 당신에게만 보내는 그 웃음으로 대답했지요. 새 옷을 입혀드리고 밖으로 나왔지요. 무더위가 기승을 부렸어요. 베란다로 나가 모악산을 보았지요. 모악산에서부터 흘러온 삼천을 보고 있었어요.
언젠가 갔던 화개의 섬진강 자락을 생각했어요. 작은 이슬 같은 물방울들이 모여 이뤄내는 강줄기. 강줄기 같은 삶. 모여 사는 세상. 한참을 그리 바라보다 로즈마리도 만지고, 벤자민도 만지고. 당신이 키우는 베란다의 식물들에게 눈을 주었지요. 그랬죠. 베란다에서 사는 나무며 풀들에게 가장 중요한 것은 햇볕도 물도 아니라 바람이란 말. 소통하지 못하면 죽는 사람들처럼 바람이라는 바깥세상의 공기와 소통하지 못하면 죽는다 했지요. 창문을 활짝 열어주었어요. 잎들이 살랑살랑 움직이며 제게 손을 흔드는 듯했어요. 그 풀잎들이 보내는 손짓이 다 다르다는 느낌이었어요. 참 편한 마음으로 베란다의 풍경을 보고 있었어요. 참 그윽한 평화. 왜 그랬을까요. 그 시간이면 당신 어머니께서 화장실을 두 번쯤은 다녀와야 할 시간이었는데. 왜 나는 그 시간의 흐름을 멈추고 거기에만 있었을까요.

미안해요. 제 배가 느끼는 허기 때문에 그윽함에서 벗어났지요. 당신 어머니께서는 누워계셨어요. 곱게. 냉장고에서 단물 두 개를 가지고 왔어요. 당신 어머니와 함께 마시려구요. 드세요. 눈을 뜨지 않으셨어요. 좀 드셔야지요. 그제서야 겨우 눈을 뜨셨지요. 아니라는 눈빛이셨어요. 그리고……. 저는 나가있어도 된다는 눈빛인 줄 알았어요. 당신을 찾는 눈빛이라는 걸 저는 몰랐어요. 밖으로 나와 당신이 어제 사 온 전복죽을 데웠지요. 드세요. 아드님이 사 오신 거예요. 눈빛이 빛나셨어요. 드시고 싶다는 줄 알았어요. 한 입 떠드렸지요. 그런데 아주 오래도록 삼키지 않으셨어요. 아니 끝내 그 작은 수저의 죽을 삼키지 못하셨죠.

그랬어요. 다른 날과 조금 다르다는 것 말고는 특별한 것이 없었어요. 사는 일과 죽는 일이 이 정도의 차이뿐일 것을 제가 어찌 알았을까요. 전복죽을 머리맡에 놓고 나오려는데 당신 어머니께서 참 맑게 웃으셨어요. 해맑게. 왜 몰랐을까요. 저 맑은 웃음이 이승의 이 지겨운, 아니 죽음이 당신이 그리 사랑하셨던 아들을 놓아주는 편안함인 것을. 그 웃음 때문이었는지 나올 수가 없었어요. 그냥 어머니 곁에 앉아 당신 이야기를 했어요. 참 좋은 사람이라고. 당신과 같이 갔던 당신의 섬진강도 이야기했어요. 당신의 별 이야기도 하구요. 그런데도 왜 몰랐을까요. 아침에 씻겨드릴 때 이후로 한 번도 화장실에 가지 않으셨다는 사실을. 벌써 점심때도 지났는데 말이죠. 간간이 눈을 뜨시며 제 이야기를 들었어요. 당신 어머니 전복죽까지 맛있게 제가 다 먹었어요. 당신 어머니 곁에 앉아서. 오후도 한참 지나서야 알았어요. 간간이 바라보는 눈빛이 저를 바라보는 것이 아니라는 사실을. 당신 어머니께서 힘들게 손을 들었을 때. 아! 당신이 필요하다는 사실을. 그제야 당신에게 전화를 했죠. 어머니 뵈러 빨리 오시라고.

당신은 왔고, 그보다 먼저 당신 어머니는 제 손을 잡고 그 먼 길을 가셨지요. 한참이나 당신은 당신 어머니 곁에 앉아있었지요. 당신의 여린 등. 너무나 아픈 등. 앞모습보다 더 슬픈 등. 마지막 임종을 당신이 지키지 못해 아프셨나요. 지금도 아프신가요. 누님들에게 연락을 하고 당신 어머니를 보내는 의식이 진행되었지요. 내가 한 번도 보지 못했던 당신 아내 때문에 당신은 누님들과 실랑이를 했죠. 당신 아내를 쫓아내려는 누나들을 당신은 아주 무겁게 불렀어요. 누나. 어머니가 돌아가신 후 처음 흐른 당신의 눈물 때문에 조용해진 것은 아닐 거예요. 그 사람도 여기에 올 자격이 있어. 자격. 당신 아내였던 사람이 어머니를 보내는 모습을 보면서 무엇을 생각했나요. 당신 아내의 눈물을 보면서 무엇을 생각했나요. 그 검은 양복 속 당신은 무슨 생각을 하셨는지요. 제가 있어야 할 자격이 있었는지는 모르지만 3일 내내 그곳에 있었죠. 검은 양복 속에 감춰진 한 사람이 무슨 생각을 하고 있을지 생각하면서요. 아무 자격도 없이.

지나갈 것 같지 않은 일들도 다 지나가요. 우리들이 견딘 그 세월을 품고 다 지나가요. 이것 또한 지나가지요. 그 시절이 지나간 당신은 지금 또 무엇이 지나가는가요. 당신 집에서 돌아온 후 한동안 아무 일도 하지 못했어요. 내가 버리고 얻은 게 무엇인지 내내 생각했어요. 내게 지나간 게 무엇인지 생각했어요. 내게 무엇이 지나가고 있는지 내내 생각했어요. 그리고 내가 올려 보내야 할 별들은 무엇인지.
혼자 위봉사에 간 적이 있어요. 당신 어머니를 보내고 얼마 되지 않은 시간에. 혼자 별들을 보았어요. 저 별들 중 당신이 올려 보낸 별을 찾으면서요. 나누지 못해 아파 하늘로 보낸 당신의 별을요.
같이 별을 보자구요. 우리 함께 별을 보자구요. 함께 보듬어야 할 아픔을 나누자구요. 언젠가 지나갈 아픔을 같이하자구요. 그런데, 그런데 이것 또한 언젠가는 지나가겠지요. 이것 또한 아픔이 되겠지요. 아픔이 되어 언젠가 저 별이 되어 지나가겠지요. 이것 또한 지나가겠지요.
이것 또한 지나가겠지요.

이것 또한 지나가리라 2

1

이것 또한 지나가리라. 지나가리라. 그렇지요. 이것 또한 지나가겠지요. 당신도 지나가고 당신이 자리 잡은 내 삶도 지나가겠지요. 그래요. 지나가야 하는 거지요. 지나가지 않으면 썩을 테니까요. 제 자리가 아닌 곳에 오래 자리 잡으면 썩을 테니까요.

겨울이 지나간 자리여야 봄은 오지요. 봄. 봄이네요. 겨울이 지나니 봄이 오네요. 당신이 지나간 내 자리에도 봄은 올까요. 당신 말대로 당신과 내가 함께한 자리는 겨울이었으니 지나가면 봄이 오는 것인가요. 봄이 되어서 꽃이 피는 것인가요. 은행잎 하나하나가 마른 가지에서 애기 손톱보다도 작게 잎을 만들어내네요. 죽어있던 가지들이 그 잎으로 하여 살아나네요. 봄은 이렇게 죽어있는 것들을 살려내는 것인가 보네요. 봄이 오네요. 저 마른 가지에, 그리고 마른 내 가슴에 봄이 오네요. 봄이네요. 이 들녘은 내게도 봄을 보냈네요.

당신. 당신이라고 부르면 안 되는 당신. 그래도 당신이라고 부르지 않을 수 없는 당신. 아프다 하지 않을게요. 당신이 있어 견딜 수 있었던 그 시간을 아픔이라고 할 수는 없지요. 아픔은 아무것도 나눌 수 없을 때 나오는 말이지요. 난 당신과 많은 것을 나눴으니 아픔이 아니지요. 그런데도 당신을 생각하면 왜 이리 가슴이 저릴까요. 왜 가슴이 미어질까요. 왜 아플까요. 아플수록 더 생각이 나는 걸까요. 당신과 나는 꽃필 수 없는 겨울이라던 당신. 그러니 그만 가달라 했지요. 그만 가달라고.

제 자리로 왔지요. 그게 제 자리인지는 몰라도 당신이 없는 자리로 왔지요. 아니 당신에게는 제 자리가 없다고 그랬지요. 자리가 없었으니 거기에 있었던 것도 아니라 했지요. 자리 잡으면 안 되는 곳에 제가 또아리를 튼 건가요. 당신에게 정말 나는 없는 것인가요. 그러면 당신이 몸부림친 그 자리는 무엇인가요. 내가 지금 몸부림치는 이것은 무엇인가요. 아무것도 없는 빈자리에서 당신과 나는 그냥 몸부림친 것인가요. 우리가 이뤘던 그것들은 아무것도 아니었나요.

2

우리였지요. 나나 너일 때는 아무것도 아닌 것들이 우리가 되면 의미가 되지요. 그저 나 혼자 있을 때는 아무것도 아닌 것들이 당신이 있어 우리가 되고, 사랑도 되고, 그리움도 되고, 그리하여 삶이 되지요. 그러니 있어야 할 자리가 아니니 아무것도 아니라고 말하지는 말아요. 아니, 이것 또한 지나가리라고 말하지 말아요. 지나가는 것들은 그냥 무심히 지나가지 않아요. 그저 무심히 지나가는 것은 없어요. 바람도 무심히 지나가지 않아요. 이곳을 지나서 다시 돌아오지요.

당신, 아시나요. 내가 아무것도 아닐 때 당신이 와서 나를 흔들었어요. 그래서 나는 살랑거리는 은행잎이 되었지요. 그래요. 살랑거림은 처음에는 바람으로 시작하지만 한번 흔들린 잎들은 제 움직임으로 그냥 살랑거려요. 바람이 없어도 그냥 흔들려요. 그냥 겉만 살랑거리던 것이 속까지 살랑거리게 되고. 그러다가 그 살랑거림을 멈출 수 없게 되지요.

사랑은 그런 거지요. 살랑거리고 흔들거리고. 처음에는 당신 때문에 살랑거리다가, 나 혼자 살랑거리고 흔들거리고. 그렇게 흔들거리다 자기도 모르게 노랗게 익지요. 자기도 모르게 색이 바뀌지요. 그게 사랑이지요. 어느 날 내가 물들어 노란 은행잎이 되고픈 마음. 네 곁에만 있고 싶은 마음. 네 마음의 책갈피가 되고 싶어 안달을 하는 그런 마음. 그런 게 사랑이지요. 사랑이란 건 그냥 그런 거지요. 내게도 그렇게 당신이 왔지요. 당신이 그냥 내게로 왔지요. 아!

처음 당신을 보았을 때 그네가 생각났지요. 그네에 당신을 앉히면 참 곱겠구나 하고 생각했어요. 하늘까지도 닿을 수 있는 사람. 당신은 하늘 끝까지 닿을 수 있는 사람 같았어요. 그런 당신을 내 그네에 태우고 싶었지요. 내가 당신을 하늘까지 보내고 싶었지요. 그런데, 그런데……. 알아요. 내 그네의 당신이 하늘에 닿을 수 없음을. 내 그넷줄만큼만 겨우 움직일 수 있다는 것을. 사랑이란 이름으로 당신을 묶어놓은 끈이었음을.

내가 당신을 세상 다하여 사랑한다고 하지만, 그 사랑은 겨우 내가 묶어놓은 끈만큼이라는 것을 알지요. 그래도 그게 세상의 전부지요. 그게 사랑의 전부지요. 사랑은 그런 거지요. 내 세상만큼 사랑하고 네 세상만큼 느끼는 것이 사랑이지요. 그렇게 사랑은 하는 거지요. 그만큼씩만 사랑은 하는 거지요. 내가 가진 만큼, 당신이 가진 만큼 사랑은 하는 거지요.

3

당신이란 사람. 차 맛 같을 거라 생각되던 사람. 버드나무로 차를 만든다면 꼭 당신 같을 거라는 생각이 들었어요. 휘영청 늘어진 가지 같던 사람. 제 몸으로 충분히 찻물을 만들 수 있을 것 같은 사람. 내가 물이 되어 당신 몸으로 가득 차고 싶게 만드는 사람. 버드나무 차 같던 사람.

차 마시는 것을 좋아한다 했지요. 아직은 차 맛을 모르지만 차 마시는 그 분위기는 좋다고 했지요. 처음 찻집에 갔을 때 황차를 마셨지요. 황차. 반 발효차. 다 익지 않은, 그렇다고 풋차도 아닌 차. 아무 말 없이 차를 마셨지요. 찻집 밖 확에 자라는 연의 고요함 같았지요. 황차의 맛이 물 위의 연처럼 고요했어요. 익지도 설지도 않은 것의 맛. 넘치지도 모자라지도 않는 것의 맛. 그게 황차였지요. 차는 차의 맛으로 마시기도 하지만 같이 마시는 사람의 맛으로 마시기도 하지요. 그래서 마시는 사람에 따라 맛이 달라져요. 당신과 마시는 차 맛. 익지도 설지도 않은 맛. 그게 당신의 맛이었는지요.

두 번째 마신 차가 보이차였지요. 중국 운남성에서 만들어졌다는 차. 곰팡이에 의해 발효되는 차. 그래서 김치나 된장처럼 계속 진화하는 차. 사람들은 그 맛을 달고 매끄럽고 순정하고 깊고 풍부한 맛이라 하지요. 당신. 당신이 말했지요. 보이차의 맛을 이야기했지요. 만들어지지 않은 맛. 이 땅에 원래 있던 것들의 맛. 흙집의 흙 맛이라 했지요. 그 땅에 자리를 잡으며 크는 이끼의 맛이라 했지요. 처음부터 그대로 있어서 만들지 않아도 만들어지는 맛이라 했던가요. 살면서 자연히 만들어지는 맛. 그 맛. 그때 당신에게서 그런 맛이 났어요. 만들어지지 않은 맛. 그냥 있는 그대로의 맛. 어느 날부턴가 그냥 그 자리에 있는 흙같이 내 곁에 와 있는 사람에게서 나는 맛. 당신은 내게 그러하였지요.

있는 그대로를 자연이라 하지요. 땅들이 있었고, 그 땅 위에 물이 흘렀지요. 아니 물이 흘러 땅이 되었나요. 차를 마셔 좋아졌나요. 좋아져서 차를 마셨나요. 차를 마셔서 당신이 차 맛이 되었나요. 당신이 차 맛이어서 차를 마셨나요. 내겐 당신이 차 맛이고 당신에겐 내가 차 맛이지 않았나요. 찻잔 사이로 흐르던 그 이야기가, 그 향기가, 그 맛이 사랑이지 않았나요. 찻물로 넘기는 그 그리움이 당신이고 내가 아니었나요. 뜨겁지도 차갑지도 않은 그 찻물이 사랑이지 않았나요. 그렇게 목으로 흘러간 것이 사랑이지 않았나요.

4

사랑했지요. 한 번도 그 말 한마디 내뱉지 않았지만, 사랑했지요. 내뱉으면 변해버리는 것들이 있어요. 내뱉으면 그 말은 내 말이 아니게 되지요. 내 몸을 감싸고 휘휘 도는 말들만이 진짜 내 말이지요. 그렇지만 모르겠어요. 모르겠어요. 흘러가는 것들은 다 변하는 것이라고 말한 당신의 말은 모르겠어요.

뱉어내는 것들은 다 변하는 건가요. 뱉어내어 흘러가는 것들은 다 변하는 것인가요. 강물도 흘러가면 그 강물이 아닌가요. 흘러가는 세월 속에 있는 나는 어제의 내가 아닌가요. 내일의 나는 오늘의 내가 아닌가요. 당신에게로 한발 다가간 나는 내가 아닌가요. 애기 손톱 같던 은행잎이 노랗게 물들면 그 은행잎은 연두의 그 은행잎은 아닌 건가요. 당신과 내가 한 그 시간이 흘러 지금 여기에 선 당신과 나는 그 전의 당신과 내가 아닌가요.

아니지요. 흐르는 것들은, 흘러서 변한다는 것들은 그래도 그대로의 하나지요. 당신의 마음이 변하여 이제 당신 마음속에 나를 집어넣을 수 없는 그 마음도 당신의 마음이지요. 당신으로 하여 즐거웠던 그 마음도, 아픈 마음도 다 내 마음이지요. 흐르는 것들은 흘러가는 거지요. 흘러서 그 모습만 달라졌을 뿐이지요. 그것은 변한 것이 아닌 거지요. 내 가슴을 내뱉어 당신에게로 흘러간 그 말들도 변한 것은 아니지요. 내 가슴이 당신 가슴이 아니어서 당신의 말이 되어있을 뿐, 변한 것은 아니지요. 흐른다 하여, 흘러 당신에게 간다 하여 변한 것은 아니지요. 그냥 흘러가는 거지요.

당신과 나의 사랑도 흘러 여기까지 왔지요. 흘러서 여기까지 왔어요. 변한 건가요. 처음 당신을 보며 설레던 그 마음은 아니니 변한 건가요. 당신의 그 눈 속 이야기를 내 눈으로 이야기하니 변한 건가요. 처음 당신과 만난 그 모습은 아니니 변한 건가요. 당신 또한 처음의 당신은 아니니 변한 건가요.

아니, 변한 것은 같은 것인가요 다른 것인가요. 도랑을 만들고, 시내를 만들고, 강물을 만들며 흘러가는 빗방울들. 같은 것인가요 다른 것인가요. 연둣빛 새순 같은 은행잎과 노란 은행잎은 같은 것인가요 다른 것인가요. 변한 사랑은 사랑인가요. 변한 사랑은 이제 사랑이 아닌 것인가요.

5

당신. 당신을 생각합니다. 사랑. 사랑을 생각합니다. 당신과 내가 흘러온 깊이만큼 당신을 생각합니다. 그리운 만큼 그리워합니다. 사량(思量)합니다. 생각이 깊어질수록 아련해지는 당신입니다. 무엇이 이리도 생각을 깊이 만들고 무엇이 이리도 깊은 세상 속으로 헤매게 하는지를 생각합니다. 무엇이 당신과 나를 따로 떼어놓고 보게 하였는지를 생각합니다. 무엇이 나 없는 당신을, 당신 없는 나를 만들게 하였는지를 생각합니다.

당신 말대로 만나지 말아야 했는가요. 당신 말대로 서로 만나지 말아야 할 만남이었는가요. 당신 말대로 만나서 깊어지지 말아야 했는가요. 당신과 나는 서로 못 보고 지나가야 할 세상이었는가요. 당신 세상과 내 세상이 만나지 말아야 했는가요. 정녕 그래야 했는가요. 만나지 말아야 할 세상이 만나 이렇게 힘든 것인가요. 세상에는 서로 만나지 않아야 할 세상이 있는 것인가요. 만나면 아파지는 세상이 있는 것인가요. 사랑하지 않아야 할 세상이 있는 것인가요.

사랑의 밤은 짧고 이별의 밤은 길다 했지요. 하루가 기네요. 당신과 내가 지나온 그 시간을 몇 번씩 다 돌려도 하루는 아직도 어둠에 묻혀있네요. 어둠 속에서도 당신은 선명하게 내게 있네요. 있어서 더 허망한 하루가 되네요. 있어야 할 것들과 없어야 할 것들을 생각합니다. 당신을 만나 있게 된 것들과 없어진 것들을 생각합니다. 당신이 떠나 있게 된 것들과 없어진 것들을 생각합니다.

생각이 생각을 물고 어둠 속으로 빠져드네요. 당신과 함께 있는 생각들은 어둠보다도 더 깊네요. 당신에게로 향한 깊은 그 세상보다 깊은 생각들이 어둠 속에서 빠져나오지 못하고 있네요. 무엇이 당신과 나를 빠져들게 하고, 무엇이 당신과 나를 그 속에서 헤매게 하는 건가요. 무엇이었을까요.

6

무엇이었을까요. 곱다. 고운 사람. 무엇이 이런 말들을 사라지게 했을까요. 무엇이 당신에게서 고운 사람을 앗아갔을까요. 무엇이 내게서 고운 사람을 앗아갔을까요. 그 자리에 그대로 있는 당신. 이 자리에 이대로 있는 나. 그런데도 이제 어디에도 고운 사람은 없네요.

끊어진 부분들을 끝이라고 했지요. 끝이라는 것은 끊어져서 아프다고 했지요. 아물기 전에는 어떤 끝도 아프다 했지요. 그리고 세상 어느 것도 끝 아닌 것이 없다 했지요. 그래서 세상은 아프다 했지요. 저 강물도 흘러서 끝인 바다로 간다고 했지요. 흐름의 끝인 바다는 그래서 짜다 했지요. 그 흘러온 상처를 아물게 하려고 소금기가 있다고 했지요. 소금으로 상처를 아물게 해서 바다는 짜다 했지요. 눈물도 그래서 짜다 했던가요. 자신의 상처를 치유하는 것이 눈물이어서 짜다 했던가요.

당신을 생각하면 나오는 이 눈물. 아픈 나를 치유하는 것인가요. 당신도 눈물 속에서 어둠을 보내는가요. 그러면서 당신도 당신의 상처를 치유하는가요. 끝이라 이러는 것인가요. 끝맺음의 생채기라 이리 아픈 것인가요. 당신 세상과 내 세상이 이제 다시 나뉘며 생기는 끝. 그 끝의 생채기가 우리를 아프게 하는 것인가요.

끝이라, 당신과 내가 끝이라 이러는 건가요. 그래서 당신과 내게 세상을 치유하는 소금기가 묻어서 이리 아리고 아픈 건가요. 끝이어서 아픈 건가요. 사랑의 끝이어서 이러는 건가요. 세상의 끝이라서 이러는 건가요. 그런데 왜 당신과 내가 끝인 거지요.

끝. 시간을 흐르는 채로 두고 또는 도막으로 잘라서 맨 마지막. 흐르는 시간에 따라 벌어지는 일이나 움직임에서도 맨 마지막. 흐르는 시간처럼 길이가 있는 물건의 맨 마지막. 순서의 마지막. 사전에 이렇게 나와 있네요. 끝. 한 음절로 야무지게 마무리하는 말이 끝이네요. 당신과 내가 끝이라면 왜 끝이어야 했는가요. 당신은 당신이 되고, 나는 내가 되어버리는 세상의 끝이 왜 온 것인가요.

7

끝에서야 사랑이란 말을 끄집어내네요. 사랑할 때는 끄집어내지 않아도 되었던 말. 사랑이란 말을 끄집어내요. 그 말에 함께 따라오는 이 얄궂은 웃음은 무엇인가요. 그 속에 따라오는 당신의 모습은 무엇인가요. 아, 어지럽네요.

봄날 보성 차밭에서의 당신 모습. 속살거리던 내 목소리가 같이 따라오네요. 삼나무 그늘 아래에서 조잘거리던 당신과 내 이야기. 새로 자라 이제 막 따기 시작한 찻잎. 당신과 나의 만남은 찻잎보다 더 여리고 부드러웠지요. 차밭을 이어주던 바람보다도 더 상쾌했지요. 묵은 찻잎 같은 내게 다가온 여린 찻잎이던 당신. 같이 먹던 녹차 아이스크림. 그 부드러움보다 더 부드럽던 당신의 속살. 그보다도 더 부드러웠던 당신과의 밤을 가른 이야기들. 달콤했던 어둠과 그 어둠을 모아 내려앉아 있던 아침의 이슬. 거기에 적신 당신 발과 내 발. 당신의 삶에 적신 내 삶. 내 삶에 적신 당신의 삶.

아, 어지럽네요. 사랑은 이리 어지러운 건가요. 끝난 사랑은 이리 어지러운 건가요. 사랑이란 말속에 뭉텅이 뭉텅이로 따라오는 당신의 모습이 나를 어지럽게 하네요. 보성 차밭에서 돌아오던 길에 만난 송광사의 종소리와 노을. 그 노을 속에서 한없이 붉어졌던 당신과 나의 모습. 아니 이것만이 아니지요. 시간만 나면 같이 했던 곳들에서의 당신과 나.

섬진강 물줄기보다 길 거라 생각했던 당신과 나의 만남이 있는 화개. 지리산보다도 우뚝 서 있는 당신을 본 칠선계곡. 호수와 바다가 하나이던 경포대. 간 곳은 바다이지만 본 것은 산이었던 대천의 휴양림. 아니, 이름도 알 수 없이 지나갔던 그 많은 곳에 당신은 있지요. 이제는 어디에나 당신이 있어 어디에도 갈 수 없게 되어버렸네요. 당신 아닌 것이 없는 지금이 되어버렸는데, 그런데 당신이어서는 안 되는 지금이 되어버렸네요. 당신과 함께하는 것은 다 길이었는데 지금은 그것이 길이 아닌 것이 되어버렸네요.

8

길. 그 길들을 다니면서 우리가 만들었던 길은 무엇이었나요. 당신과의 길. 길에 관해 이야기했지요. 처음에는 아무 길도 없었다고 이야기했지요. 길은 길을 가는 사람에게만 있다고도 했지요. 당신과 내가 만들어가던 길에 대해 생각했지요. 당신과 내가 가야 할 길에 대해서만 생각했지요. 당신과 내가 만들어가는 길이 아름다울 거라는 생각을 했지요. 당신과 나도 길을 낼 수 있다는 생각을 했지요.

그래요. 그 길을 따라 여기까지 왔어요. 당신과 내가 만든 길을 따라 여기까지 왔네요. 망초며 달맞이꽃이며 이름도 기억 안 나는 많은 풀 같은 세상들을 뽑아내며 만든 당신과 나의 길을 따라 여기까지 왔네요. 아니 수많은 다른 길들을 묻고 당신과 내가 만든 길을 따라 여기까지 왔네요. 길 아닌 길은 없다 믿으며 여기까지 왔네요. 내가 달려왔던 그 길과는 다른 방향으로 길을 내며 왔네요. 내가 아무리 바르게 걸어도 세상 길은 다 굽어있다 생각하며 내 길을 굽혀 여기까지 왔네요. 굽어도, 아니 굽은 길일수록 더 아름다울 거라 믿으며 여기까지 왔네요. 길이 아닌 건가요. 굽어서 다시 원점으로 돌아온 건가요. 당신과의 길은 여기가 끝인가요. 더는 앞으로 나갈 수 없는 것인가요.

선 자리에서 둘러봅니다. 앞을 보면 아무런 흔적이 없네요. 어디로 발을 디딜지 모르겠네요. 풀숲을 헤쳐야 할까요. 나무들을 베어내야 할까요. 어디로 발을 디뎌 당신에게로 가야 하나요. 어디가 당신에게로 가는 길인가요. 어디가 내가 디뎌야 할 길인가요. 당신이 있는 그곳으로 가는 길은 어디인가요. 앞으로 갈 길을 찾지 못하는 나는 뒤를 돌아보네요. 걸어왔는데도 흐릿해진, 흐릿해졌지만 선명한 그 걸어온 길을 돌아보네요.

9

돌아보면, 가던 길을 멈춰 돌아보면 사물들은 한 뭉텅이가 되지요. 그 많은 촘촘한 시간들로 나뉘었던 오늘들을 지난 과거의 세상은 온통 한 뭉텅이지요. 한 뭉텅이로 다가오지요. 당신과 나눴던 그 시간들이 하나의 세상으로 떠오르네요. 제각각이었던 일들이 모여 하나의 기억이 되네요. 당신과의 세상이 하나의 기억이 되네요. 기억. 당신과 함께한 기억. 지금 나를 가슴 저미게 하는 기억. 살아온 삶들이 기억이 되어 돌아오니 아프네요. 당신이 손으로 찢어주던 고등어찜의 김치처럼 뜨겁게 다가오는 기억들. 한 뭉텅이의 기억으로 당신과의 삶이 다가오네요. 기억이 되어 다가오네요.

일상이었지요. 당신과 내가 함께 산다는 것. 일상이 되었었지요. 같이 먹고 같이 이야기하고 같이 웃고. 사소함이 가장 소중하다는 것은 그것이 사라졌을 때 비로소 알게 되지요. 당신과 내가 함께했던 그 수많은 일상. 내 앞으로 놓이던 맛있는 반찬들도 이제는 맛없는 음식이 되네요. 나 먼저 마시라고 내밀던 생수도 이제는 목에 걸리네요. 같이 들었던 노래들이 한숨이 되어 떠도네

요. 당신보다도 내가 먼저였던 우리들의 시간. 그 일상이었던 시
간들이 한 뭉텅이가 되어 나를 짓누르네요.

10

내 사랑하는 당신. 당신과의 삶을 돌아보면서 찾아낸 말. 기억
속에서 찾아낸 말. 내 사랑하는 당신. 사랑했던 당신이 아니라 사
랑하는 당신. 이제 다시 우리란 말을 써야겠네요. 우리였지요. 당
신과 내가 하나 되어 우리가 되었지요. 그런데 그 우리가 지나가
네요. 이것 또한 지나가는 건가요. 이것 또한 지나가야 되는 건가
요. 지나가야 살 수 있는 것인가요? 이것 또한 지나가겠지요.

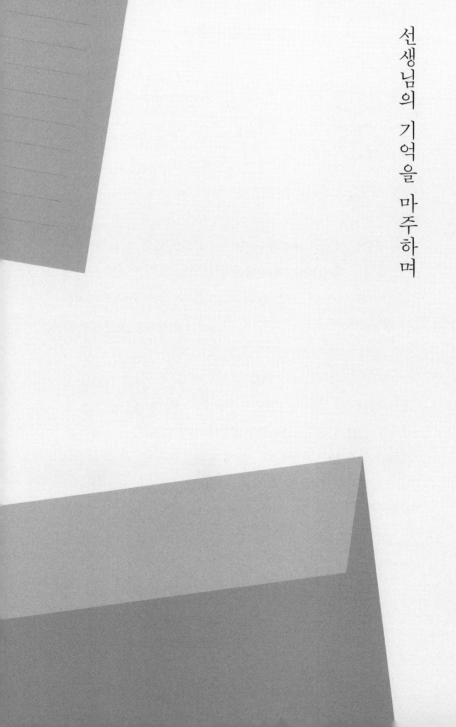

선생님의 기억을 마주하며

골드문트 선생님

오랜만에 이정관 선생님께 전화가 왔다. 익숙했던 서른네 해의 교직 생활을 마무리하신다고. 마무리하면서 글을 모아 책을 내신 다고…….

보내주신 시와 소설을 3주 가까이 읽고 또 읽었다. 한 번에 내리읽을 수도 있었지만, 왠지 빨리 쉽게 읽어버릴 수가 없었다. 선생님의 글을 읽으며 만약 신(神)이 선생님께 지금보다 더 큰 시인의 재능을 주셨더라면 지금처럼 학교에서 선생님을 오랫동안 뵐 수는 없었을지도 모르겠다는 생각이 들었다.

'한때는 딸기처럼 싱싱했을 두 노인네'를 바라보는 시인의 심정이 낯설지가 않았다. 아마 오랜만에 선생님의 얼굴을 직접 뵙게 된다면 내 마음도 그와 같지 않을까 짐작해 본다.

봄날의 복사꽃, 겨울을 따스하게 품어낼 줄 아는 매화, 연보랏빛 오동꽃, 환장할 봄에 피어나는 벚꽃, 달보다 환하게 빛나던 싸리꽃, 바람과 나무, 아이들, 여인과 어머니, 아버지…….

그리움과 기다림은 자연과 인간에 대한 선생님의 그칠 줄 모르는 애정 표현인가보다.

작년 가을, 헤르만 헤세의 《지와 사랑》을 30년 만에 다시 읽었다. 지금 와서 생각해 보니 중학교 2학년 학생이 무슨 재미로 이런 책을 읽었는지, 아마도 이른 사춘기에 잔뜩 겉멋이 들었던 게 아닐까 싶다. 그래서일까? '나르치스와 골드문트'라는 이름밖에 기억나는 것이 없었다.

당시 나는 이 책을 읽고 무작정 존경하고 따르던 국어 선생님 두 분을 내 마음대로 등장인물과 대입시켰다. 한 분은 나르치스로, 한 분은 골드문트로. 그중 이정관 선생님은 당연히 —완벽하기는커녕 자신의 꿈과 열정을 찾아 늘 방황하는 인간미 넘치는 허점투성이— 골드문트! 그러니, 어린 여중생이 만들어낸 허상일 수도 있지만 이정관 선생님을 생각할 때는 골드문트를 떠올리지 않을 수 없다.

세상에는 각기 망초의 길, 달맞이꽃의 길, 우리의 길이 있다며 또 다른 자신의 길을 향해 한 걸음을 내딛는 선생님. 이제 그 길에서는 '잠깐만요' 하는 녀석도, 조퇴를 하겠다는 녀석도, 선생님을 환장하게 할 녀석도 더는 만날 수 없으리라.

그러나 익숙하고 편한 길을 뒤로하고 낯설고 새로운 길을 향해 이상하지 않은 게 하나도 없는 세상으로 한 발짝 내미는 선생님이 나는 여전히 멋져 보인다. 아직 콩깍지가 쓰인 게 분명하다.

이 가을, 지는 단풍의 아름다움과 빈 들판의 풍성함을 알아차릴 줄 아는, 배고픈 사람을 먼저 돌아볼 줄 아는, 나의 영원한 골드문트 이정관 선생님! 늘 존경합니다. 사랑합니다. 고맙습니다.

"사랑하는 친구여, 우리 둘은 태양과 달이며 바다와 육지다. 우리의 목표는 서로 결합하는 것이 아니라 서로를 인식하고 서로가 가지고 있는 것을 서로 보고 존중하는 것을 배우는 것이다."

– 헤르만 헤세, 《지와 사랑》 중에서

아직 콩깍지가 안 벗겨진, 평생 벗겨질 것 같지도 않은

1992년 졸업생 양선녀

서툰 시

중학교 2학년, 방과 후 문학반 수업 때였다. 태풍이 지나가는 것도 아닌데 유독 바람이 휘몰아쳤다. 학교 운동장 은사시나무가 실연한 여자처럼 머리를 풀어헤치고 있었고, 학생들은 수업이 시작하기만을 기다렸다. 시간이 되었는데, 선생님은 한참 동안 말없이 창가에서 바깥 풍경을 응시하고 계셨다. 그러고는 툭 내뱉으시는 한 마디.

"시다! 이게 시야!"

그 문장을 발음하셨을 때의 어투와 뉘앙스……. 그 삐딱한 멋짐이 아직도 기억에 생생하다. 15살, 어린 소녀에게 시가 처음으로 찾아온 날이었다.

학창 시절을 지나면서 나는 점점 시를 잊은 사람이 되었고, 시인이 되고 싶다는 생각을 잊은 채 어딘가 삐딱한 목사가 되었다.

바람이 부는 어느 날, 문득 선생님을 찾아가야겠다는 생각이 들었다. 20년 넘게 연락도 없다가 찾아온 늦은 제자. 태연한 척하려 했지만, 바람만 불면 울었다. 몸만 커지고 시를 잊어버린 자신을 미워하면서, 세월에 너울진 흰 싸리꽃 같은 선생님의 머리칼

이 시 같아서……,

그렇게 울고 나면 시가 찾아왔다. 시가 나를 만나주었다. 바람
이 불면 그래도 살아봐야겠다고 되뇌게 되었다. 선생님을 만나
다시 시를 쓰게 되었고 그즈음에 쓴 시가 〈싸리꽃 짚신〉이다.

34년은 도무지 헤아릴 수 없는 시간이다. 얼마나 많은 시가 그
인생에서 머물렀을까. 모쪼록 서툰 시가 한 자락 세월에 도움이
되었으면 좋겠다.

싸리꽃 짚신

싸리꽃을 엮어
신을 만들어 놓았어요

작은 꽃이 으스러질까
여린 잎이 떨어질까
괜스레 두근거렸지요

새벽녘 초승달 빛에 다려
이 신을
돌 다리미 위에 놓아드려요

살면서
살아오면서
가지 않고 싶던 길
돌아가야 했던 길
울며불며 가다가
거친 흙발이 되었겠죠

이제는
이 짚신을 신고
가고 싶은 길을 떠나세요

발에 닿아 흐드러진 하얀 꽃잎들과
바람을 타고 함께 간다면
그 길이 외롭지 않을 거예요

저도 곧 따라가렵니다
흰 꽃이 떨어진 그 길을 따라
당신을 따라

1999년 졸업생 나란히

다름을 틀리다고 말하지 않았던 선생님

 자유분방한 머리카락. 나무 같은 웃음과 넓은 품. 1학년 1반 27 번이라는 학교 번호를 받고 중학교 첫 담임이셨던 이정관 선생님 을 만났던 그 순간. 제게 살아있는 기억들입니다. 그 자유로운 머 리카락에 홀린 듯 선생님을 졸졸 따라가 무작정 도서부원이 되고 싶다고 말씀드렸습니다. 스물넷이 된 지금까지 저는 첫사랑이 없 는 것 같지만 '첫눈에 반한다'라는 표현은 알고 있습니다. 선생님 께 이 표현을 쓰는 게 좀 웃기지만, 선생님은 이해해 주시겠죠.

 저는 잠시 제주에 머물고 있습니다. 오늘 아침, 책을 반납하러 도서관 가는 길에 우여천을 보았습니다. 이곳에는 동백나무가 풍 성해 상서로운 기운이 풍기고, 이 우여천을 지켜주는 물할망은 동 백나무와 함께 아이의 넋(제줏말)을 지켜준다고 하더군요. 문득 선생님은 우리 학생들의 넋을 지켜준 물할망이자, 동백나무같이 사시사철 푸르고 온화하며 당신의 사랑을 매번 붉은 꽃으로 피워 내 아이들에게 전하는 사람이라는 생각이 들었습니다.

 선생님과 방과 후 시 읽기를 하면서, 어렵고 힘든 세상에서 굳 건히 버티고 사람들을 사랑하며 지낼 수 있는 '시'라는 무기와 방

패를 얻게 되었습니다. 선생님이 저만의 선생님이길 바랐던 적도 있지만, 이 책을 통해 "그래도 세상은 살만하단다."라고 말씀하시는 선생님을 독자분들도 느끼게 된다면 저는 더할 나위 없이 기쁠 것 같습니다.

항상 나무같이 학교를 지키시고, 힘들 때마다 언제나 큰 품을 내어주셨던 선생님을 이제 학교에서 뵙지 못한다는 사실을 아직도 실감하기 힘듭니다. 회귀할 원점이 사라진 것 같지만 거리와 관계없이 선생님을 이 책을 통해 언제나 느낄 수 있다는 것에 감사하고 만족하며 "사랑하는 것보다 아름다운 것은 없다."라는 선생님의 말씀에 저도 슬쩍 한 숟갈 얹어봅니다. 이정관 선생님을 여러분들도 흠뻑 느끼시길 바랍니다.

저의 다름을 틀리다고 말하지 않고 있는 그대로 봐주셔서, 사랑 듬뿍 주셔서 감사합니다. 사랑합니다.

10월의 마지막 날, 비 오는 제주에서
이정관 선생님께 첫눈에 반했던 제자
2014년 졸업생 정금주

마지막 제자의 이야기

이정관 선생님을 만난 지 벌써 3년이 다 되어간다. 2019년 3월 봄, 오랜만에 만난 초등학교 친구들과 이야기하고, 처음 보는 친구들과도 첫인사를 하느라 패딩을 입어야 하는 날씨임에도 그리 추운 줄 몰랐다. 이때부터 선생님과의 인연이 시작되었다.

한번은 학교 매점에서 소시지를 사 먹으며 친구들과 이야기를 나누고 있었는데, 선생님께서 "효승이 너, 소시지 적당히 먹어라."라고 말씀하셨다. 아직 마음이 여렸던 14살의 나는 선생님의 장난을 받아치지 못하고 속이 상했다. 그 말이 '너는 살집이 좀 있으니까 소시지 같은 살찌는 음식은 먹지 말라'고 들렸기 때문이다. 지금 생각하면 충분히 하실 수도 있는 말이었는데, 그때는 왜 그렇게도 속상했는지……. 나는 그 일 이후로 선생님을 별로 좋아하지 않았다.

어느 날은 내가 어울려 지내던 친구들과의 무리에서 사건이 하나 터졌다. 서로 중학교 첫 생활이라 그런 건지, 무슨 이유인지는 몰라도 꽤 큰 싸움이 일어났다. 그런데, 문제를 해결하는 과정에서 선생님께서 이런 말씀을 하셨다. "너희들 한 사람 한 사람은 정말 착하지만, 너희가 뭉치면 그 덩어리는 다른 친구들에게 두려운 존재일 수도 있어." 이 말을 당시에 들었을 때, 그다지 내키지 않았다. 14살의 나는 철없고 고집 센 학생이었기에……. 이때도 여전히 나는 선생님을 그다지 좋아하지 않았다.

그러던 어느 아침 8시 57분, 난생처음 지각을 하게 됐다. 그날 1교시는 국어 시간이었다. 선생님께서 내게 왜 지각했냐고 물어보셨다. "엄마가 아프셔서 병원에 입원해 계신데, 제가 알람을 못 듣고 계속 자버리는 바람에 그랬어요." 이 말을 들으시고 선생님께서는 내게 아침마다 모닝콜을 해주셨다. 평소에 듣던 핸드폰 알람 소리는 듣기 싫었는데, 칼칼한 목소리의 선생님 모닝콜은 왠지 좋았다. 그 후로 가끔 선생님이 계시는 도서관에 올라가 마이쭈나 핫브레이크를 얻어먹으며 선생님과 가까워지기 시작했다.

사실 나는 어떤 선생님께든 내 사적인 이야기를 하는 걸 부담스러워했다. 그렇지만 이정관 선생님은 예외였다. 오히려 속상한 일이나 누구에게도 말하지 못했던 걸 선생님께는 말하고 싶었다. 내 이야기를 끝까지 들어주고 공감해 주며 든든한 조언을 해주는 분은 아빠 이후로 처음이었기 때문이다. 선생님과 아빠는 닮은 점이 많아서 더 쉽게 다가갈 수 있었던 것 같다. 지금까지도 중앙현관 계단에 앉아계시는 선생님의 뒷모습을 보면 달려가 옆에 앉아 조곤조곤 대화를 나눈다. 그냥 선생님과 이야기를 나누면 쌓아뒀던 모든 근심 걱정은 사라지고 텅 비어버린 마음만 남게 된다. 텅 비어버린 마음으로 선생님과 하늘을 바라보면 마치 구름 한 점 없는 그 하늘이 내 마음 같았다. 시시콜콜한 이야기를 하는 그 순간이, 선생님과 장난치는 그 순간이 내게는 학교생활의 묘미였다.

1학년 가을까지만 해도 별로 좋은 감정이 없었던 선생님은 이제 내가 지칠 때마다 들러 쉴 수 있는 낙원 같은 존재가 되었다. 선생님은 내게 그만큼 소중한 분이다. 2학년이 되고, 3학년이 되고 새로운 생활을 하며 열심히 달려가는 내 인생길에서 언제나 우뚝 서 있는 큰 나무 같은 존재, 이정관 선생님. 이제는 알 것 같다. 1학년 때는 이해할 수 없었던 선생님의 말씀을.

선생님이 2021년을 마지막으로 학교를 그만두신다. 내게는 짧게도, 길게도 느껴지는 3년의 만남이었지만, 나와 같은 수많은 제자들을 마주한 선생님의 34년은 결코 짧다고 할 수 없을 것이다. 내가 그 많은 제자들 중 한 사람이라는 게 좋다. 그들 중 내가 마지막 제자라는 사실은 더욱 의미 있다.

선생님께서는 마지막 교직 생활을 정리하며 책을 내신다고 한다. 한 달 전에 미리 받은 원고를 하루하루 읽어보았다. 시를 하나씩 읽어 내려갈 때마다 선생님의 강물에 나를 흘러보냈다. 부드럽고 편한 그 물살에 내 몸도 같이 한없이 흘러갔다. 선생님의 작고 소중한 기억들을 보면서, 누군가의 인생을 읽는다는 것이 마냥 쉽지만은 않다는 걸 알았다. 하지만 선생님의 시와 소설은

정말 섬진강처럼 편하고 좋았다. 이 책의 묘미이자 의미 깊은 소
재인 섬진강. 많은 사람이 이 책을 읽고 선생님의 섬진강을 느껴
보길 소망한다.

이정관 선생님의 마지막 제자

2022년 졸업생 한효승

살아있는 기억들

1판 1쇄 발행일 2022년 1월 3일

지은이 이정관

발행인 김학원
발행처 (주)휴머니스트출판그룹
출판등록 제313-2007-000007호(2007년 1월 5일)
주소 (03991) 서울시 마포구 동교로23길 76(연남동)
전화 02-335-4422 **팩스** 02-334-3427
저자·독자 서비스 humanist@humanistbooks.com
홈페이지 www.humanistbooks.com
유튜브 youtube.com/user/humanistma **포스트** post.naver.com/hmcv
페이스북 facebook.com/hmcv2001 **인스타그램** @humanist_insta

편집책임 문성환 **편집** 윤무재 **디자인** 박진영
용지 화인페이퍼 **인쇄** 청아디앤피 **제본** 민성사

ⓒ 이정관, 2022

ISBN 979-11-6080-773-8 03810